KB276039

젊은 베르테르의 슬픔

더디 세계문학 009

젊은 베르테르의 슬픔

요한 볼프강 폰 괴테 | 이상희 옮김

더디

차례

제1부 · 009

제2부 · 101

엮은이가 독자에게 · 165

작품 해설 · 231

작가 연보 · 237

역자의 말 · 242

가련한 베르테르의 이야기 중
찾아낼 수 있었던 것만을 성실하게 모아
여러분 앞에 내어놓습니다.
그 점에서 여러분은 내게 고마워할 것을 압니다.
그의 정신과 성품에 대해 존경과 애정을 느끼지 않을 수 없고,
그의 운명에 대해 눈물을 흘리지 않을 수 없을 겁니다.
그리고 당신이 만약 베르테르와 같은
열망을 느끼는 착한 영혼을 가졌다면,
베르테르의 슬픔에서 위안을 얻길 바랍니다.
당신의 운명이나 잘못 때문에 가까운 이를 찾지 못한다면,
부디 이 작은 책을 당신의 친구로 삼아주십시오.

제1부

1771년 5월 4일

이렇게 떠나게 되어 얼마나 기쁜지! 가장 사랑하는 내 친구여, 인간의 마음이란 과연 어떤 것일까? 자네와 떨어지는 것을 생각할 수 없을 정도로 자네를 사랑하면서도 자네를 떠나는 나의 마음은 이렇게 기쁘다니! 나는 자네가 나를 용서할 것을 알고 있다네. 자네 이외의 다른 사람과의 관계는 내 마음을 괴롭게 하기 위해 운명이 선택하는 것일까? 불쌍한 레어노레! 하지만 나는 결백하다고 말하고 싶네. 제멋대로이지만 열정적인 자네의 누이가 나와 즐겁고 편안한 대화를 나누는 사이 가슴속에 나에 대한 열망을 품게 된 것을 내가 어찌할 도리가 있겠는가. 하지만 나는 정말 거기에 책임이 없는 것일까? 내가 그녀의 감정에 불을 지핀 것은 아닐까? 우리는 그다지 재미있지도 않은데도 즐겁게 웃어대지 않았던가. 그러고도 이렇게 스스로 한탄이나 하고 있다니! 대체 인간이란 무엇인지. 친구여! 내 나아질 것을 약속하겠네. 운명이 우리에게 만들어준 조그마한 불행을 부질없이 되새기던 그런 습관은 이제 그만두겠어. 나는 현재를 즐기고 과거는 흘려보내고 싶다네. 언제나 자네의 말이 옳았네, 친애하는 친구여.

만약 인간이—대체 인간이 왜 그런지는 신만이 아시겠지!—그토록 풍부한 상상력을 발휘해서 지나간 불행을 되씹지 않고 지금 현재에 충실했다면 인간의 고통은 훨씬 줄어들었을 거야.

나의 어머니에게 모든 것이 잘되어 가고, 어머니의 일도 잘 처리하고 있다고 전해주게. 숙모님과 이야기를 나누어 봤는데 어머니가 이야기한 것과는 달리 그렇게 나쁜 사람은 아니었어. 밝고 좀 다혈질이긴 하지만 마음씨는 따뜻한 분이었지. 나는 숙모님에게 유산 배분이 이루어지지 않고 있는 데 어머니가 불만을 품고 있다고 설명했고, 숙모님은 그래야만 했던 사정과 원인을 이야기해주었어. 숙모님은 제시한 몇 가지 조건만 충족된다면 모든 걸 넘겨줄 수 있다고 했지. 우리가 기대했던 것 이상으로 말일세.

아무튼 더 길게 쓰고 싶지는 않네. 그냥 어머니에게 모든 일이 잘되어 가고 있다고 전해주게. 나는 이 작은 일을 겪으며 다시 한번 오해와 태만이 악의적인 계략이나 술책보다 세상을 더 혼란스럽게 만든다는 것을 알았다네. 오히려 악의적인 계략이나 술책은 생각보다 적다네.

덧붙이자면 나는 이곳에서 평온함을 되찾았다네. 천국 같은 이곳에서 고독은 내 심장에 위안을 선사해주고, 지금 같은 젊음의 계절은 종종 두려움에 떠는 내 마음을 따뜻하게 감싸주지. 이곳의 나무들과 구석구석의 풍경은 풍성한 꽃다발처럼 아름답다네. 나는 이곳에서 그저 한 마리 풍뎅이가 되어 꽃향기의 바다를 마음껏 즐기고 먹이나 찾으러

다니고 싶다네.

이 도시 자체는 그리 마음에 드는 편은 아니지만 경관만은 정말 말로 표현할 수 없을 정도로 아름답다네. 그것이 아마 고인이 된 M백작을 움직여 아름답고 다양한 구릉들이 어깨를 맞닿으며 이어져 사랑스러운 계곡을 이루고 있는 이곳에 이런 정원*을 만들도록 했겠지. 정원은 의외로 소박해서, 이곳에 들어서면 조예가 깊은 정원사가 만든 것이 아니라 자연과 식물을 그대로 즐기기 위해 만들어진 곳이라는 것을 바로 느끼게 되지. 나는 백작이 즐겨 찾았던 자리이자, 나 역시 좋아하는 장소인 다 쓰러져가는 이 정자에 앉아 세상을 떠난 백작을 생각하며 몇 번이나 눈물을 흘렸다네. 이 정원의 주인은 곧 내가 된다네. 아직 며칠 지나지도 않았지만 정원사도 나에게 호감을 보이고 있어. 그러는 것이 그에게도 나쁘지 않은 일이겠지.

5월 10일

나의 영혼은 멋진 쾌활함에 사로잡혀 있다네. 내가 온 마음을 다해 즐기고 있는, 향기로 가득한 봄날 아침처럼 말일세.

---

* 여기서 말하는 정원(Garten)은 큰 규모로 자연을 산책하며 감상할 수 있는 곳으로, 걸어서 최소 30분 이상 걸리고, 더 큰 곳은 걸어서는 하루 만에 다 볼 수 없어 마차를 타고 다니며 구경했던 곳을 말한다.

나는 혼자 지내고 있지만 이러한 영혼의 만족감을 충족시켜주는 이곳의 생활에 큰 기쁨을 느끼고 있다네. 나는 정말 운이 좋은 것 같네, 내 친구. 평온한 존재감에 흠뻑 빠져 있다 보니 내 예술적 감각 역시 조용히 그 고요를 견디고 있지만 말이지. 요즘에는 스케치 하나, 붓질 한번 할 수 없다네. 하지만 지금 이 순간처럼 내가 위대한 화가인 적이 있었을까 싶네. 아름다운 계곡에서는 나를 감싸 안는 안개가 피어오르고, 높이 떠오른 햇살은 뚫을 수 없는 단단한 어둠에 잠긴 숲 표면을 어루만지다 단 하나의 빛줄기만이 이 성스러운 어둠을 뚫고 숲속에 환한 빛을 비춘다네. 나는 졸졸 흘러내리는 냇가 옆 무성한 풀밭에 누워 땅에서 솟아난 수많은 신기한 풀들을 지켜보곤 하지. 그 풀들 사이사이에서 다양한 모양의 수많은 벌레들이 자신들의 작은 세계에서 북적이고 있는 모습을, 자그만 벌레들이 오글거리는 모습과 날벌레들의 신비한 모습을 보고 있노라면 나는 우리를 자신의 모습으로 창조하신 전능한 분의 존재와 우리를 영원한 기쁨으로 감싸 안고 이끄는 따뜻하고 다정한 입김을 느낀다네. 친구여! 내 눈꺼풀 위로 황혼이 물들고, 내 주변의 세계와 하늘이 사랑하는 연인의 모습처럼 내 영혼에서 편안히 휴식을 취하고 있을 때면 나는 자주 그리움에 젖어 생각에 잠기곤 한다네. 아, 내가 자네에게 이것을 표현할 수 있다면! 내 안에서 이렇게나 충만하고 따뜻하게 살아 움직이는 감정을 표현할 수 있다면! 신의 거울이 되는 자네의 영혼처럼 그 종이가 자네 영혼의 거울이 되도록, 그것을 종이 위에 표현해 보여줄 수 있다면 좋으련만! 하지만 나는 거기에 실패하고, 이러한 현상의 숭고한 위력 앞에 무릎을 꿇고 말겠지.

5월 12일

이곳에 공중을 떠도는 무수한 영혼이 있는 것인지, 아니면 내 마음속에 따뜻한 천상의 환상이 있는 것인지 나는 잘 모르겠네만, 이곳에서 나는 내 주변의 것들을 전부 낙원처럼 느낀다네. 이곳 초입에는 샘이 하나 있는데 멜리진*과 그녀의 자매들처럼 나도 그 샘의 마력에 끌려 반하고 말았다네. 작은 언덕 아래로 내려가면 둥근 지붕이 세워진 곳이 나오는데, 그 지붕 아래로 스무 계단 정도를 내려가면 대리석 사이에서 맑은 물이 흘러나오는 샘이 있다네. 그 위를 덮고 있는 둥근 지붕과 주변을 에워싼 높은 나무들, 이곳의 시원함에는 나를 매료시키고 전율하게 만드는 무엇인가가 있는 것 같아. 나는 매일 이곳에 한 시간씩 앉아 있곤 하지. 그러

---

* 상반신은 미녀, 하반신은 뱀인 프랑스 전설 속의 요괴. 샘에서 목욕을 하는 모습을 보고 반한 인간이 청혼했다는 전설이 전해진다. 그러나 인간과 결혼한 멜리진은 옛 시절을 못 잊고 매주 금요일마다 옛 모습으로 변해 샘에서 자매들과 만났다고 한다.

다 보면 마을 아가씨들이 이 섬스러운 물을 길러 오는 것도 본다네. 그것은 정말 일상생활에서 가장 순박하고, 또 아주 필요한 일이지. 예전엔 왕의 딸들도 직접 물을 길었다네. 그곳에 앉아 있노라면 예전 가부장 시대에 그랬을 법한 모습들이 생생하게 떠오른다네. 아마 아버지들은 이 샘에서 서로를 알게 되어 아이들을 혼인시켰겠지. 이 샘 주변을 떠도는 자애로운 영혼들처럼 말일세. 아, 무더운 여름날 힘겨운 여정에서 돌아와 샘물의 시원함을 느껴본 적이 없다면 아마 이러한 기분을 알지 못하겠지.

5월 13일

자네는 내 책들을 나에게 보내줄지 물었지만, 친구여 제발 그러지 말게. 나를 그것들로부터 좀 놓아줘! 나는 더 이상 그 어떤 가르침이나 격려, 자극도 받고 싶지 않다네. 이미 스스로 충만한 내 가슴에 필요한 것은 자장가야. 그리고 나는 그것을 호메로스의 작품 속에서 충분히 발견하고 있어. 끓어오르는 피를 진정시키기 위해 나는 아주 자주 자장가를 불러야만 했다네. 이렇게나 내 마음이 불안정한 것은 아마 한 번도 보지 못했을 거야. 하긴 내가 자네에게 이런 말을 할 필요가 있을까. 친구여! 슬픔에 잠겼다가 곧 방탕함을 보이고, 또 달콤한 연민의 감정이 곧바로 파멸의 열정에 휩쓸리는 내 모습을 곤혹스럽게 지켜봐야 했던 자네에게 말일세. 나 역시도 이 가련한 마음을 병든 아이처럼 대하고 있다네. 무엇이든지 원하는 게 있다면 다 들어주고 있어. 다른 사람에게는 말하지 말게. 이것을 나쁘게 생각하는 사람들도 있으니 말이야.

<u>5월 15일</u>

이곳의 사람들과 많이 가까워져서 나를 좋아하는 사람도 몇몇 생겼다네. 특히 아이들이 말이지. 처음 내가 사람들에게 다가가 거리낌 없이 이것저것 물어보았을 때 그중 몇몇은 내가 그들을 조롱한다고 생각해 퉁명스럽게 대하기도 했어. 하지만 나는 그것을 불쾌하게 여기거나 화를 내지는 않았네. 다만 전부터 느끼고 있던 사실이 확실해졌을 뿐이지. 약간 지위가 높은 사람들은 평민과 가까이 지내면 손해를 볼 것처럼 냉정하게 행동한다는 거지. 그들은 그러지 않으면 자신의 위엄이 손상될 것처럼 평민들과 늘 냉정한 거리를 유지하며 지내지 않나. 아니면 일부러 겸손한 척 행동해 자신의 오만함을 가난한 사람들에게 더욱더 예민하게 느끼게 하는 경박한 무리도 있다네.

　나는 우리가 모두 같지 않다는 것을 잘 알고 있네. 또 그럴 수 없다는 것도 알아. 하지만 존경을 유지하기 위해 소위

천한 무리로부터 멀어져야 한다고 생각하는 자들은, 페베가 두려워 적을 피해 도망치는 비겁한 사람과 마찬가지로 비난받아야 한다고 생각한다네.

얼마 전 나는 샘가로 갔다가 어린 하녀를 보았다네. 그녀는 샘가 계단 안쪽에서 항아리에 물을 가득 채우고 그것을 자신의 머리에 이도록 도와줄 사람이 오지 않는지 주위를 두리번거리고 있었지. 나는 아래로 내려가 그녀를 쳐다보았지. "아가씨, 제가 좀 도와드릴까요?" 내가 물었다네. 그러자 그녀는 얼굴이 점점 새빨갛게 되더니 "아니에요, 나리!"라고 소리쳤지. "사양할 필요 없어요." 나의 말에 그녀는 똬리를 머리에 놓았고 나는 그녀를 도왔지. 그녀는 감사를 표하고 계단을 올라갔다네.

5월 17일

나는 아주 다양한 계층의 사람들을 사귀게 되었다네. 하지만 마음에 맞는 사람들은 아직 발견하지 못했어. 나의 어떤 점이 사람들의 마음에 드는지는 모르겠지만 다들 나를 좋아하고 친근하게 대해준다네. 그런데 그것은 나를 고통스럽게 해. 우리가 같이 갈 수 있는 길은 아주 짧은 길뿐이기 때문이지. 만약 자네가 여기 어디의 사람들이 어떠냐고 물어본다면 나는 이렇게 대답할 수밖에 없다네. 지극히, 다른 그 어디의 사람들처럼 평범할 뿐이라고! 인간이란 존재는 다 그런 비슷한 존재 아니겠는가. 대부분의 사람들은 대부분의 시간을 살기 위해 허비하고, 조금이라도 자유로운 시간이 생기면 그것을 불안해하며 어떻게든 그 시간에서 벗어날 방법을 찾지. 아, 인간이란!

하지만 여기 사람들은 정말 좋은 사람들이라네! 나는 가끔은 나 자신을 잊고, 그들과 함께 아직 인간에게 허락된 즐거움을 만끽한다네. 잘 차려진 식탁에 둘러앉아 거리낌 없이 악의 없는 농담을 주고받거나, 마차로 산책에 나서거나, 무도회에서 춤을 추며 시간을 보내는 일들에서 아주 좋은 영향을 받는다네. 하지만 나의 내면에 발산되지 못하는 다른 많은 힘들이 머물러 있고, 그것을 아주 신중하게 숨겨야만 한다는 건 영 마음이 편치 않아. 하, 가슴이 답답하게 죄어오는군. 그러나 오해를 만드는 것 또한 우리 같은 사람들의 운명 아니겠나!

아, 젊은 시절 친구였던 그녀가 떠나버리다니! 내가 알던 그녀가! 나는 이렇게 말할 수밖에 없겠지. 바보 멍청이! 찾을 수 없는 것을 찾으려 하다니! 하지만 한때 그녀는 내 사람이었지. 그녀의 심장을 느끼며 그 위대한 영혼과 함께했어. 그녀와 함께하면 나는 내 생각보다 더 위대하게 느껴졌어. 내가 하고자 했던 것을 모두 다 할 수 있었으니 말일세. 신이시여! 그때는 내 영혼의 모든 힘이 남김 없이 깨어나지 않았던가? 그녀와 함께하면 내 마음은 온통 신비로운 힘으로 가득 차 그것으로 자연을 휘감지 않았던가? 우리의 관계는 섬세하기 그지없는 감정과 날카로운 지성으로 어우러진 영원한 것이 아니었던가? 그것이 때로는 기이하게 변한다 해도 모두 재치 넘치는 천재의 표식이 찍힌 것이 아니었던가? 그러나 지금! 아아, 그녀가 나보다 먼저 겪었던 그 시간들이 그녀를 무덤으로 이끌고 말았다니! 내가 그녀를 잊는 일은 절대 없을 거야. 그녀의 강한 의지와 그 고결한 관대함도 말이지.

머칠 전 나는 V라는 밝은 인상의 청년을 만났다네. 그는 막 대학을 졸업한 청년이었는데, 스스로를 지혜롭다고 여기지는 않았지만 다른 사람보다 지식이 많다고는 생각하고 있었지. 물론 그가 근면하고 성실하게 배웠다는 것을 느낄 수 있었다네. 간단히 말하면 이것저것 아는 것이 꽤 많은 사람이긴 했어. 그는 내가 그림을 그리고 그리스어를 할 줄 안다는 것을 듣고는 (이 고장에서 그 두 가지는 굉장한 것으로 취급된다네) 일부러 나를 찾아온 것일세. 그러고는 바퇴*에서 우드**, 드 필르***와 빙켈만****에 이르기까지 그의 지식을 마구

---

*   Charles Batteux, 프랑스의 평론가이자 철학자. 독일 예술에 많은 영향을 끼쳤다.

**   Robert Wood, 영국의 예술 평론가.

***   Roger de Piles, 프랑스의 화가이자 미학자.

****   Johann Joachim Winckelmann, 독일의 미술사학자.

떠벌렸다네. 그는 슐처*의 이론서 첫 번째 장을 다 읽었으며, 고대 연구에 관한 하이네**의 원고를 가지고 있다고 하더군. 나는 그저 잘 들어주었다네.

그리고 또 아주 훌륭한 한 분을 알게 되었는데, 개방적이고 신뢰할 만한 분으로 제후의 고위 관리야. 사람들 말로는 그분이 아홉 명의 자식들에게 둘러싸여 있는 모습을 보면 절로 가슴에 기쁨이 차오른다고 하더군. 특히 그분의 큰따님에 대한 칭찬이 자자하다네. 그분이 날 초대해주셔서 조만간 방문할 생각이야. 그분은 이곳에서 한 시간 반 정도 떨어진 곳에 있는 제후 소유의 사냥터 별장에 살고 있다네. 부인과 사별 후 시내에 있는 관사에 사는 것이 너무나 고통스러워 허가를 얻어 이사했다고 하는군. 그리고 몇몇 괴짜를 만나기도 했는데 전부 어울리지 않게 우정을 과시하려 하는 것이 정말 참아주기 어려웠다네. 그럼 잘 지내게! 이 편지는 아주 사실적이라 자네 마음에 들 것이라 생각하네.

5월 22일

인간의 인생이란 그저 꿈에 불과하다고 말하는 사람들도

---

* Johan Georg Sulzer, 독일의 미학자.

** Christian Gottlob Heyne, 독일의 언어학자.

있지. 나 역시 그런 느낌을 갖고 살아왔네. 인간의 활동이나 연구도 한계에 부딪히는 것을 목도할 때 모든 활동은 인간의 필요를 채우기 위한 것일 뿐, 그 목적은 겨우 우리의 빈약한 존재를 연장시키기 위한 것 이외는 전혀 없다는 걸 깨닫고는 해. 그 연구조차 꿈꾸던 목적에 이르면 그저 그 자리에서 만족해버리는 것이, 감옥에 갇힌 채 형형색색의 그림과 밝게 빛나는 풍경을 벽에 그리는 것이라고밖에 할 수 없지 않은가. 빌헬름, 이런 모든 것이 나를 침묵하게 만드네. 나는 나의 내면으로 들어가 거기서 하나의 세상을 발견한다네! 그곳은 생동감 있고 활력이 넘치기보다는 지적이고 좀 더 어두운 욕망으로 가득한 곳이지. 그러나 모든 것이 아련하게 떠다니고, 나는 그 세계 속에서 꿈꾸듯 미소를 짓는다네.

학교 선생들이나 학자들은 아이들이 무엇을 원하면서도 왜 그것을 원하는지 알지 못한다고 입을 모아 말하지. 하지만 어른도 아이들과 조금도 다를 바 없어. 자신이 어디서 와서 어디로 가는지도 모른 채 이 길 위를 헤매고 있다네. 그리고 확실한 목표를 향해 움직이는 것이 아니라 비스킷과 케이크 그리고 자작나무 회초리의 지배를 받고 있어. 아마 아무도 이런 사실을 믿고 싶어하지 않겠지만, 나는 이것이야말로 진실이라고 생각하네.

내가 이런 사실을 고백한다면 자네가 뭐라고 할지는 이

미 짐작하고 있지. 자네는 아마 그 사람들이 가장 행복하다고 말할 테지. 아이들처럼 빈둥거리며 편안한 하루를 보내고, 인형을 이리저리 데리고 다니다 옷을 갈아입히고, 엄마가 과자를 숨겨둔 서랍 주변을 맴돌다 원하는 걸 얻게 되면 한입 가득 과자를 물고 "더 줘!" 하고 외치는 것 말이지. 또는 그들의 하찮은 일이나 그들의 욕망에 화려한 이름을 붙이고, 그것이 인류의 신성한 구원이라며 엄청난 일처럼 과장하고 떠들어대는 이들 또한 행복한 사람들이지. 그렇게 할 수 있는 사람은 정녕 행복할 것이야! 하지만 모든 것이 어디로 향하는지 겸손하게 깨닫는 사람들도 있다네. 행복한 시민들은 자신의 작은 정원을 낙원처럼 가꿀 줄 알고, 또 불행한 사람들 역시 감당할 수 없는 짐을 지고도 묵묵히 앞을 걸어가고 있으며, 그들 모두 환한 태양 빛을 1분이라도 더 받고 싶어하는 것도 알고 있지. 그래, 그런 사람들은 고요하게 자신만의 세계를 만들어가고, 또 우리가 인간이라는 사실에 만족한다네. 그러면 비록 그들은 갇혀 있다고 할지라도 가슴속에 언제나 자유의 달콤한 느낌을 간직하고, 언제든 원할 때면 이 감옥에서 나갈 수 있는 것이지.

5월 26일

자네는 마음에 드는 장소에 작은 오두막을 한 채 짓고 거기서 조용히 살고 싶어하는 내 취향은 알고 있겠지. 이곳에서도 나는 내 마음에 드는 장소를 찾았다네.

시내에서 한 시간 정도 떨어진 그곳은 발하임(독자 여러분은 여기에 나오는 지명을 찾아보려는 헛된 노력을 하지 마시길. 편지의 원문에 있던 지명을 변경하여 실었습니다)이라 불린다네. 작은 언덕 위에 자리 잡고 있는 참 흥미로운 곳이야. 좁은 길을 따라 마을을 벗어나 언덕을 올라가면 계곡 전체를 내려다볼 수 있는 곳이지.

나이에 비해 상냥하고 활기찬 주점 안주인이 나에게 와인과 맥주, 커피를 따라준다네. 가장 마음에 드는 것은 교회 앞에 있는 두 그루의 보리수나무야. 그 나무들은 넓은 가지를 뻗어 교회 앞 작은 광장에 그늘을 만들어준다네. 바로 그 조그만 광장을 농가와 창고, 뜰이 딸린 큰 저택들이 둘러싸고 있다네. 그렇게 편안하고 아늑한 곳을 찾기란 쉽지 않을 테지. 나는 주점에서 탁자와 의자를 내어달라고 부탁해서 커피를 마시며 호메로스를 읽는다네. 어느 아름다운 오후에 내가 우연히 그 작은 광장을 발견했을 때 그곳은 참으로 고즈넉했다네. 모두들 일하러 들에 나가고 없었어. 거기에는 네 살 정도로 보이는 어린 소년이 육 개월 정도 되어 보이는 작은 아기를 자신의 두 다리 사이에 앉히고 바닥에 앉아 있었지. 두 팔로 아기를 감싸 안아 가슴에 기대게 해서 안락의자처럼 해주고 있었지. 그 아이는 검은 눈동자로 주위를 활발하게 살피면서도 얌전하게 앉아 있었지.

나는 그 모습이 참 마음에 들었어. 나는 맞은편에 세워져 있는 쟁기 위에 걸터앉아 그 형제의 모습을 즐거운 마음으로 그렸다네. 나는 바로 옆의 울타리와 창고문, 부서진 수레바퀴 등도 있는 그대로 그려 넣었다네. 한 시간 정도 뒤에는 나의 의견을 전혀 더하지 않고도 있는 그대로 훌륭한 구성의 흥미로운 그림 하나를 완성할 수 있었어. 이 일로 나는 오직 자연에만 의지해 그림을 그려야겠다는 내 의지를 더욱 굳건히 할 수 있었네. 자연만이 영원히 풍요롭고, 또 자연만이 위대한 예술가를 만들어내는 거야. 물론 사람들이 시민 사회를 찬미하는 것처럼 예술의 여러 규칙이 갖는 장점에 대해 많은 말을 할 수 있어. 규범을 잘 지키는 사람이 어리석은 짓이나 나쁜 행동을 저지르지 않듯이, 예술의 규칙을 잘 따르는 사람은 무미건조하거나 조악한 것을 만들어내지 않는 법이지. 그러나 누가 뭐라든지 모든 규칙은 자연의 진실함과 진정한 표현을 방해할 뿐이야. 그러면 자네는 이렇게 말하겠지. "너무 심한 말 아닌가. 규칙은 일정한 제한을 두고 무성하게 자란 덩굴을 잘라내는 정도일 뿐이야." 이보게 친구, 내가 비유를 하나 들어볼까? 예를 들어 사랑 같은 것 말일세. 한 청년이 어느 아가씨에게 완전히 마음을 빼앗겨 그가 가진 모든 재산과 열정을 그녀에게 바치고, 그녀를 향한 헌신적인 마음을 표현하기 위해 하루 대부

분을 그녀와 함께 보낸다고 하세. 그런데 그때 어느 정두 닮
고 닮은 속물이, 그러니까 공직자 정도 되는 사람이 와서 이
렇게 말하는 거지.

"이보게 훌륭한 젊은이, 사랑은 인간적인 것이니 그냥 인
간적인 사랑을 하게나! 시간을 잘 배분해서 일할 때 시간의
반을 쓰고, 휴식 시간을 그 아가씨에게 바치게. 재산을 잘
계산해서 필요한 만큼은 남겨놓고 나머지를 그녀에게 선
물하는 데 쓰는 것이 옳다고 보네. 하지만 너무 자주는 하지
말고, 예를 들어 생일이나 세례 날 같은 때나 선물을 하게."

청년이 그 말에 따른다면 그는 정말 훌륭한 젊은이겠지.
그리고 나라도 그 청년을 관리로 등용하도록 모든 영주들
에게 추천할걸세. 그러나 그의 사랑은 끝장나버리는 것이
지. 그가 만약 예술가라면 그의 예술도 같이 끝나는 거야.
이보게, 친구! 왜 천재의 물결이 둑을 뚫고 터져 나와 자네
들의 영혼을 뒤흔들어놓는 일은 이다지도 어렵고 힘든 것
인가? 사랑하는 친구, 그것은 천재의 물결이 요동치는 양쪽
강변에 지독히 점잖은 신사들이 살고 있기 때문이지. 그들
은 자신들의 정자와 튤립 화단, 채소밭을 보호하기 위해 제
방을 쌓고 수로를 내 다가올 위험에 대비하는 방법을 알고
있기 때문이라네.

내가 괜히 흥분해 비유와 연설을 늘어놓느라 아이들이 그 뒤에 어떻게 되었는지 이야기하는 것을 잊었네. 어제 편지에서 짧게 이야기했지만 나는 그림 같은 모습에 빠져 쟁기 위에 두 시간 정도 앉아 있었다네. 저녁 무렵이 되자 팔에 바구니를 건 젊은 여인이 멀리서 달려와 그때까지 꼼짝 않고 앉아 있던 아이들에게 소리쳤다네. "필립스! 정말 대단하구나!" 그녀는 나에게 인사를 했고, 나도 답례를 하며 일어나 그녀에게 아이들의 어머니냐고 물었지. 그녀는 그렇다고 대답하며 큰아이에게 긴 빵을 반 잘라 주고 작은아이를 안아 올려 모성애가 넘치는 입맞춤을 해주었다네.

"제가요, 글쎄." 그녀는 나에게 말을 이어갔다네. "우리 필립스에게 애기를 맡겨놓고 큰애랑 흰 빵과 설탕, 질그릇을 사러 시내에 다녀와야만 했답니다."

나는 덮개가 떨어져 나간 그녀의 바구니 안에 담긴 그 물건들을 볼 수 있었다네.

"오늘 저녁에 우리 한스(막내의 이름이지)에게 수프를 끓여 주려고요. 말썽쟁이 큰애가 어제 남은 죽을 먹겠다고 필립스와 싸우다 그릇을 깨뜨렸거든요."

나는 그녀에게 큰애가 어디 있냐고 물어보았다네. 그녀가 큰애는 초원에서 거위 몇 마리를 쫓아다니는 중이라고 대답하는 순간 그 애가 뛰어오더니 둘째에게 개암나무 작은 가지를 건네주더군. 나는 그녀와 이야기를 계속 나누었다네. 그래서 그녀가 학교 선생님의 딸이고, 그녀의 남편은 사촌의 유산을 받기 위해 스위스로 떠났다는 사실을 알게 되었지.

"친척들은 모두 남편을 속이고 재산을 가로채려고 하고 있답니다." 그녀가 이야기했지. "남편의 편지에 답장도 한 번 하지 않았어요. 그래서 직접 가게 된 거죠. 제발 무사해야 할 텐데, 통 소식이 없어요."

왠지 그녀와 그대로 헤어지기가 섭섭해서 나는 아이들에게 1크로이처씩을 나누어 주었다네. 그 어머니에게도 1크로이처를 주며 막내를 위해서도 수프와 함께 먹일 흰 빵을 사주라고 이야기하고 우리는 헤어졌다네.

내 소중한 친구여, 내 영혼이 방황을 멈추지 않을 때 나는 이렇게 일상의 범위 안에서 행복하게 사는 사람들의 모습을 보면 마음이 편안해진다네. 그저 하루하루를 근근이 살아가며 잎이 떨어지는 것을 보면 이제 겨울이 오겠구나 하는 것 외에는 다른 생각을 하지 않는 사람들 말일세.

그 이후로 나는 그곳에 자주 간다네. 아이들도 나와 친해져서 내가 커피를 마시면 설탕을 달라고 조르고, 저녁에는 버터 빵과 발효 우유를 나누어 먹기도 하고. 일요일마다 아이들에게 꼭 1크로이처를 나누어 주는데, 내가 예배 후에 그곳에 가지 못하면 대신 주점 여주인이 나누어 줄 수 있도록 부탁해두었지.

아이들은 나를 믿게 되자 나에게 온갖 이야기를 다 해준다네. 특히 마을 아이들이 내 주위로 모여들면 그 아이들이 나를 차지하기 위해 욕심을 부리며 흥분하는 모습은 나를 즐겁게 해.

무엇보다 아이들이 나를 귀찮게 한다고 걱정하는 애들 어머니의 근심을 덜어주기 위해 많은 노력을 해야만 한다네.

5월 30일

내가 전에 그림에 대해 했던 이야기는 시에도 해당하는 이야기일세. 훌륭한 인식으로 핵심을 찾아내어 그것을 과감하게 표현하면 적은 것으로도 자유롭게 많은 것을 이야기할 수 있지. 내가 오늘 본 것을 있는 그대로 묘사한다면 세상에서 가장 아름다운 전원시가 될 거야. 문학이나 그림이나 전원시가 다 무슨 소용이겠는가. 우리가 자연의 한 부분을 받아들일 때 꼭 그것을 다듬어야만 하는 것일까?

내가 이렇게 서론을 거창하게 시작하는 것을 보고 무언가 큰 것을 기대했다면 자네는 또 실망할 것이네. 이번에 나의 관심을 끈 것은 젊은 농촌 총각일 뿐이니까. 늘 그렇듯이 내 설명은 형편없을 테고, 자네는 또 늘 그렇듯이 내가 과장을 늘어놓는다고 생각하겠지, 이번에두 역시 발하임이라네. 그래, 발하임에서는 언제나 신기한 일이 일어나곤 하지.

야외 보리수나무 그늘 아래에서 커피를 마시는 모임이 있었는데, 나는 그 자리가 맞지 않아 핑계를 대고 피해 있었다네.

그때 젊은 농부 하나가 근처 농가에서 나오더니 지난번 내가 앉아 그림을 그렸던 쟁기에 다가가 무언가를 고치며 분주하게 일을 하더군. 그 모습이 왠지 마음에 들어 그에게 다가가 말을 걸었고, 그에 대해 여러 가지를 물어보며 곧 친해지게 되었다네. 자네도 알다시피 내가 이런 사람들을 좋아하다 보니 곧 마음을 터놓게 되었지. 그가 설명하기를, 그는 어느 미망인의 집에서 머슴으로 일하고 있는데 보수가 좋다고 했어. 그는 미망인 이야기를 많이 하고, 또 칭찬도 많이 했다네. 그런 그를 보고 그의 몸과 마음이 그녀에게 푹 빠져 있다는 것을 눈치챘지. 그가 말하기를, 그녀는 더 이상 젊지도 않고 전 남편에게 넌더리가 났기 때문에 더 이상 결혼할 생각이 없다는 거야. 하지만 그의 말을 들으며 나는 그에게 그녀가 얼마나 아름답고 매력적이며, 그가 그녀의 전 남편의 잘못을 지울 수 있도록 얼마나 자신을 선택해주기를 원하는지 깨달을 수 있었지. 그의 진실한 열정과 사랑, 진심을 분명하게 설명하려면 그의 말 한마디 한마디를 전부 이야기해야만 할 정도라네. 진짜야. 내가 세상에서 가장

위대한 시인이 되어야만 겨우 그 몸짓이 표현하는 것, 조화
로운 그의 목소리, 그의 눈 속에서 빛나는 비밀의 불꽃을 생
생하게 표현할 수 있겠지.

아니야, 아니야. 그의 전체적인 태도와 표현에서 우러나
오는 그 부드러움을 표현할 말은 없을 듯싶네. 그것을 표현
하려 노력해봐야 소용없을 뿐이지. 특히 나를 감동시킨 것
은 내가 그녀와 그의 관계를 오해해 그녀의 정숙함을 의심
할까 걱정하는 부분이었다네. 더 이상 젊지 않은 그녀가 그
를 얼마나 강하게 매혹시켰는지, 그녀의 모습과 그녀의 몸
매에 대해 이야기하는 그의 모습이 얼마나 매력적인지 나
는 그저 내 안의 영혼에서만 되새길 뿐이지. 내 생애 통틀
어 그렇게 강하고 뜨거운 욕망을 순수하게 대면한 것은 처
음이었다네. 그래, 고백하자면 나는 그런 순수함을 생각해
본 적도, 꿈꿔본 적도 없다네. 그의 순수하고 진실한 모습을
떠올리면 내 영혼이 뜨겁게 달아오르고, 그 헌신적이고 다
정한 모습이 내 뇌리를 떠나지 않고 있어. 내가 지금 그러한
불꽃에 사로잡혀 그리움에 애가 탄다고 이야기하더라도 나
를 너무 책망하지는 말아주게.

나는 가능한 한 빠른 시일 내에 그 미망인을 만나보려 했
다가 다시 마음을 고쳐먹었어. 미망인의 애인을 통해 그녀
의 모습을 보는 것이 훨씬 나을지도 몰라. 아마 그녀를 직접
내 눈으로 보게 되면 지금 내 눈앞에 서 있는 그녀의 모습과

는 많이 다를 테지. 내가 왜 이 아름다운 풍경을 망치겠나?

<u>6월 16일</u>

왜 편지를 보내지 않느냐고? 자네처럼 학식이 높은 사람이 왜 그런 질문을 하는 건가. 그저 나는 잘 지내겠거니 생각할 수 있을 텐데 말일세. 그러니까 말일세, 간단하게 설명하자면 나는 내 심장에 깊게 파고들어 버린 사람을 알게 되었다네. 그러니까, 나는 이게 무슨 일인지 잘 모르겠어.

내가 어떻게 이렇게 사랑스러운 아가씨를 알게 되었는지 조리 있게 설명하기가 무척 어렵네. 나는 그저 만족스럽고 행복한 사람일 뿐 훌륭한 역사가는 아니니 말이야.

그녀는 천사라네! 하! 애인에게는 누구나 이렇게 말하곤 하지, 안 그런가? 하지만 그녀가 얼마나 완벽한지, 왜 그렇게 완벽한지를 설명하기는 어렵다네. 그녀가 내 영혼을 완전히 사로잡았다면 충분한 설명이겠지.

그녀는 몹시 총명하면서도 순수하고, 또 몹시 선량하지만 굳건한 사람이고, 진실한 삶을 살기 위해 늘 분주하게 움직이면서도 영혼은 언제나 고요하다네. 이렇게 자네에게 그녀에 대해 이야기하는 모든 말은 사실 쓸데없는 짓이야. 그녀의 모습을 제대로 표현하지도 못하는 형편없는 추상화에 불과하지. 다음번에, 아니지, 아니야, 다음번이 아니라

지금 바로 자네에게 다 설명하겠네. 지금 하지 않으면 다시는 이야기할 수 없을 거야. 자네이니 하는 말이지만, 이 편지를 쓰기 시작하고 벌써 세 번이나 펜을 놓으려 했다네. 말에 안장을 놓고 외출하고 싶어서 말이야. 오늘 아침 일찍 나는 외출하지 않기로 맹세했지만, 그럼에도 자꾸 창으로 달려가 해가 얼마나 떴는지 살펴보고야 말았다네.

나는 결국 견디지 못하고 그녀에게 달려갈 수밖에 없었다네. 이제는 돌아와 저녁으로 버터 빵을 먹으며 빌헬름 자네에게 편지를 쓰는 중이고. 그녀가 사랑스럽고 활기찬 아이들인 여덟 명의 형제자매들에게 둘러싸여 있는 모습을 보는 것처럼 내 영혼에 기쁜 일은 없다네!

계속 이렇게 써내려가 봐야 자네는 마지막까지도 글의 처음에서처럼 무슨 말인지 알 수 없겠지. 지금부터 자세히 설명해볼 테니 잘 들어보게나.

내가 공직자 S를 알게 되었고, 그분에게 자신의 은신처, 그의 작은 왕국으로 초대받았다고 전에 한번 썼었지. 나는 그 약속을 미루고 있었는데, 아마 그 조용한 곳에 숨어 있던 보물을 우연히 발견하지 않았다면 아마 그곳에 가는 일은 없었을 것일세.

최근에 젊은 사람들이 그 시골에서 무도회를 열었는데 나도 기꺼이 참석했다네. 나는 그다지 특별할 것은 없지만 착하고 아름다운 한 아가씨에게 파트너가 되어달라고 부탁했어. 그래서 마차 한 대를 빌려 그녀와 그녀의 사촌 언니를 무도회장에 데려가기로 했는데, 가는 길에 샤를로테 S라는 아가씨도 같이 데려가기로 한 것이지.

"우리는 곧 아름다운 아가씨를 알게 될 거예요." 마차가 숲속으로 뻗은 넓은 길을 따라 사냥터 별장으로 들어서자 내 파트너인 아가씨가 이렇게 말했다네. "아마 조심해야 할 거예요." 그녀의 사촌이 덧붙였지. "사랑에 빠지지 않도록 말이에요."

"왜죠?" 내가 물었다네.

"그녀에게는 이미 약혼자가 있어요." 사촌 언니가 대답했어. "아주 멋진 신사분이에요. 지금은 아버지가 돌아가셔서 여러 가지 일을 처리하고, 또 조건이 좋은 일자리도 알아볼 겸 멀리 떠나 있는 중이지요." 그때 나에게 그 이야기는 아주 시시한 이야기일 뿐이었지.

해가 뉘엿뉘엿 저물어갈 즈음 우리는 저택 대문 앞에 도착했다네. 습한 날씨는 매우 무더웠고, 지평선에는 물기를 잔뜩 머금은 구름이 걸려 있어 여성분들은 천둥이라도 치지 않을까 걱정을 했지. 나 역시 우리의 즐거움이 망쳐지지 않을까 걱정이 되었지만 어설픈 기상학 지식을 늘어놓으며 그녀들의 걱정을 덜어주었지.

내가 마차에서 내리자 하녀가 안에서 달려 나와 로테 아가씨가 곧 나오실 테니 잠시만 기다려달라고 하더군. 나는 안뜰을 지나쳐 멋지게 지어진 안채를 향해 걸음을 옮겼다네. 집 앞에 뻗은 계단을 걸어 올라가 문을 열고 들어선 나는 내가 지금껏 본 장면 중 가장 아름다운 장면과 마주하게 되었다네. 현관 앞 로비에는 열한 살에서 열두 살 정도 되어 보이는 여섯 명의 아이들이 아름다운 아가씨를 둘러싸고 있었다네. 적당한 키의 그 아가씨는 가슴과 팔에 분홍색 리본이 달려 있는 아름답지만 수수한 흰 드레스를 입고 있었어. 그녀는 아주 다정한 태도로 아이들에게 그들의 나이와 식욕에 맞게 검은 빵을 나누어 주고 있었어. 아이들은 그녀가 빵을 잘라 주기도 전부터 작은 손을 들고 기다리다 빵을 받고서는 "고맙습니다!" 하고 천진난만하게 외쳤지. 자신이 받은 저녁 빵*에 만족한 아이들은 빵을 든 채 어떤 녀석들은 로테가 타고 갈 마차를 보기 위해 뛰어나가기도 하고, 좀 얌전한 성격의 아이들은 대문으로 천천히 걸어 나갔다네.

"정말 죄송해요." 그녀가 말했어. "숙녀분들을 밖에 기다리게 하고 이렇게 안까지 들어오시게 해서요. 옷치장도 하고 외출하는 것에 대비해 미리 집안일을 해놓느라 아이들에게 저녁 간식 빵 나누어 주는 것을 잊었어요. 아이들은 제가 나누어 주는 빵이 아니면 먹지를 않는답니다."

나는 그녀에게 별다른 의미 없는 형식적인 인사를 건넸

---

* 저녁 식사가 아닌 간식 빵. 자기 전 간식의 개념으로 먹는다.

지만, 이미 그녀의 모습과 목소리, 행동에 마음을 빼앗겨버렸다네. 그녀가 장갑과 부채를 챙기기 위해 거실로 떠난 후에야 나는 당황스런 마음을 겨우 진정시킬 수 있을 정도였다네. 아이들은 나에게서 조금 떨어져 나를 쳐다보고 있었지. 나는 그중 귀여운 얼굴의 가장 어린 아이에게 조금 다가갔다네. 아이가 뒷걸음을 칠 때 막 거실에서 나온 로테가 말했지. "루이스, 친척 아저씨와 악수해야지." 그러자 아이가 거리낌 없이 손을 내밀었고, 나는 꼬마의 코에서 콧물이 줄줄 흐르고 있었음에도 사랑스럽게 입을 맞추지 않을 수 없었다네.

"친척 아저씨라니요?" 나는 그녀에게 손을 내밀며 물었지. "제게 당신과 친척이 되는 행운을 가질 자격이 있나요?"

"어머." 그녀는 장난스럽게 가벼운 미소를 머금었지. "우리 일가친척은 범위가 아주 넓답니다. 그런데 그중에 가장 못한 분이라면 정말 유감이지만요."

로테는 집을 나서며 열한 살 정도 되는 제일 큰 여동생 소피에게 아이들을 잘 돌보고, 말을 타고 산책을 나간 아버지가 돌아오시면 안부를 전해달라 말했다네. 그리고 더 어린 아이들에게 소피를 자신으로 여기고 말을 잘 들으라고 부탁했다네. 아이들 두세 명이 그러겠다고 큰소리로 대답했어. 하지만 여섯 살 정도 먹은 작은 금발 아이가 당돌하게 외쳤지. "하지만 소피 언니는 로테 언니가 아니잖아. 우리는 로테 언니가 훨씬 좋다고!" 제일 나이가 많은 남자아이 두 명은 마차 뒤를 기어오르고 있었어. 내가 아이들을 위해 부탁하자 로테가 나서 아이들에게 장난치지 않고 마차를 잘 잡고 있는다면 숲 입구까지 태워주기로 허락했다네.

우리는 각자 자리를 잡고 앉았고 여성분들은 서로 반갑게 인사를 나누었어. 그들은 서로의 드레스와 모자에 대해 이야기를 나누고 무도회에 참석할 사람들에 대해서도 이야기했지. 로테가 마차를 세우고 두 형제를 내리도록 하자 녀석들은 로테의 손에 다시 입을 맞추고 싶어했어. 그중 큰아이는 열다섯 살 소년답게 애정이 담긴 입맞춤을 했지만 동생은 대충 하고 말아버리더군. 그녀가 다시 동생들을 배웅하고 나서야 우리는 가던 길을 향해 다시 출발했지.

내 파트너의 사촌 언니가 로테에게 얼마 전 자신이 새로 보내준 책을 다 읽어보았냐고 물었지.

"아니요." 로테가 대답했어. "저에게는 별로였어요. 다시 돌려드릴게요. 전에 보내주신 책도 그냥 그랬어요."

나는 그 책이 무엇인지를 로테에게 물었다가 그것이 ○○이라는 대답을 듣고 몹시 놀랐다네. (어린 소녀의 평가나 확고하지 못한 의견을 가진 젊은이의 의견에 신경을 쓰는 작가는 없겠지만 조금이라도 다른 사람의 마음을 불편하게 하는 일은 없도록 이 부분은 삭제합니다.) 나는 그녀가 아주 분명한 성격이라는 것을 알 수 있었지. 그녀가 자신의 의견을 이야기할 때

면 얼굴에서는 늘 새로운 매력과 정신이 반짝였어. 내가 본
인을 이해한다고 생각했는지 그 광채는 점점 더 빛나는 것
처럼 보였다네.

"저는 어릴 때 말이죠." 그녀가 말을 이어갔어. "소설을 가
장 좋아했어요. 일요일에 방 한구석에 앉아 미스 제니*의 행
복과 불행을 마음 깊이 함께하면서 얼마나 큰 행복을 느꼈
는지는 아마 신께서만 아실 거예요. 지금도 그런 종류의 책
에 끌리고 있다는 사실을 부인할 수 없어요. 요즘은 책을 읽
을 여유가 없어서, 책을 읽게 된다면 딱 제 취향에 맞는 책이
었으면 해요. 저는 책을 통해 나의 세계를 재발견할 수 있게
해주는 작가가 좋아요. 내 삶과 같은 일이 일어나고, 내 가족
의 삶처럼 재미있고 행복이 가득한 이야기를 쓰는 그런 작
가 말이죠. 물론 우리의 삶이 낙원이라고 이야기할 수는 없
지만 말로 표현할 수 없는 행복의 원천이 되니까요."

나는 그녀의 말을 듣고 밀려오는 마음의 동요를 감추느
라 애를 썼지만 그 노력은 오래가지 못했다네. 그녀가 스치
듯이 소설 『웨이크필드의 목사』**나 ○○에 대해 (여기에서는
몇몇 독일 작가의 이름을 삭제하였습니다. 로테와 공감하는 사람
들은 이 대목에서 마음으로 느낄 수 있을 것이며, 그렇지 않은 사

---

*   당시 프랑스의 여류 작가 마리 잔 리코보니 소설의 여주인공이라 추정된다.

**   아일랜드 작가 올리버 골드스미스의 전원적인 가정 소설.

람이면 그 이름을 알 필요도 없을 것입니다.) 진지한 의견을 펼치자 나는 그만 자제심을 잃고 그녀에게 나의 마음을 모조리 털어놓고 말았어. 나중에 로테가 다른 사람들에게 말을 걸었을 때에야 그동안 다른 사람들이 조용히 눈을 크게 뜨고 숨죽이며 있었다는 것을 깨달았지. 내 파트너 아가씨의 사촌 언니가 코를 씰룩이며 몇 번이나 나를 비웃는 것 같아 보였지만 나는 상관이 없었어.

그러다 우리는 춤의 기쁨에 대해 이야기를 이어갔다네. "춤에 대한 열정이 올바르지 못한 것이라고 해도, 저는 춤보다 즐거운 것은 없다고 고백해요." 로테가 이야기했지. "걱정으로 가득 차 있을 때에는 음도 잘 안 맞는 피아노지만 그 앞에 앉아 서투른 솜씨나마 춤곡을 하나 연주하면 기분이 좀 나아지기도 한답니다."

이야기를 나누는 동안 내가 얼마나 그녀의 검은 눈동자에 빨려 들어갔는지, 나의 영혼이 얼마나 그녀의 싱그러운 입술과 상기된 얼굴에 사로잡혔는지, 그녀의 훌륭한 생각이 담긴 말에 내가 얼마나 빠져들어 그녀의 말과 표현을 제대로 듣지 못했는지, 자네는 나를 잘 알고 있으니 모든 것을 상상할 수 있을 것일세. 곧 마차가 무도회장에 도착했을 때 나는 몽유병 환자처럼 마차에서 내렸어. 꿈인 듯 어두운 세계 속에서 길을 잃어 환하게 밝은 홀에서 들려오는 음악 소리도 알아채지 못했지.

내 파트너의 사촌 언니와 로테의 파트너인 두 명의 신사 아우드란 씨와 N씨—도대체 누가 모든 사람의 이름을 기억하겠는가—가 우리를 마중 나와 자신들의 파트너를 데려갔어. 나도 내 파트너와 무도회장으로 들어갔지.

우리는 줄을 지어 미뉴에트를 추었어. 나는 여러 명의 아가씨들에게 춤을 청했고, 마음에 들지 않은 아가씨에게 손을 내밀었다가 끝맺지 못하기도 했지. 로테와 그녀의 파트너도 춤을 추기 시작했다네. 그녀와 파트너가 나와 같은 무리에서 춤을 추기 시작하자 내가 얼마나 기뻤을지 자네는 상상할 수 있겠지! 그녀의 춤은 모두가 보아야만 해! 그러니까 말일세, 그녀는 온 마음과 영혼을 집중해서 춤을 추었어. 아무 걱정도 없는 듯, 춤만이 전부인 듯, 그녀는 아무것도 생각하지 않고 개의치 않으며 몸의 조화를 완벽히 이루면서 춤을 추었어. 그 순간 그녀에게 다른 모든 것은 사라진 것 같았다네.

나는 그녀에게 두 번째 컨트리댄스를 같이 추자고 청했지만 그녀는 세 번째에 같이 추자고 했어. 그러면서 그녀는 아주 사랑스럽고 솔직하게 고백하기를 자신이 가장 좋아하는 것은 독일 춤이라고 했어. "이곳의 관습이 있어요." 그녀는 나에게 설명했어. "독일 춤은 원래 파트너와 추는 거랍니다. 제 파트너는 왈츠에 서툴러서 그 춤에서 벗어나게 해주면 고마워할 거예요. 당신의 파트너도 왈츠는 익숙하지도 좋아하지도 않아요. 그런데 영국 춤을 출 때 당신이 왈츠를 잘 추시는 것을 보았어요. 독일 춤을 저와 같이 추시려면 지금 제 파트너에게 이야기해보세요. 저는 당신의 파트너에게 가서 이야기할게요." 나는 그렇게 하겠다는 의미로 그녀와 악수를 나누고, 우리가 춤을 추는 동안 우리의 파트너들이 대화를 나누고 있도록 했다네.

드디어 춤이 시작되고 우리는 한동안 서로의 팔을 이리저리 감으며 춤을 추었어. 그녀는 얼마나 아름답고 날렵하게 움직이던지! 이제 왈츠가 시작되어 우리는 행성처럼 서로의 주위를 돌았지. 처음에는 왈츠에 익숙한 사람들이 별로 없어 약간 혼잡스러웠다네. 우리는 현명하게 조용해질 때까지 기다렸다가, 곧 서툰 사람들이 홀에서 물러나자 아우드란 커플 한 쌍과 더불어 우리만 멋지게 춤을 추었다네. 그렇게 가볍고 즐겁게 춤을 춘 적은 없었다네. 그 순간 나는 사람이 아니었어. 그 누구보다 사랑스러운 아가씨를 품에 안고 주변을 보기 힘들 정도로 번개처럼 이곳저곳을 누비며 춤을 추는 그 순간 말일세. 그리고 빌헬름, 정말 솔직하게 말하자면, 이렇게 사랑스럽고 언제나 같이 있고 싶은 이 아가씨가 다른 사람과 왈츠를 추게 하지 않겠다고 굳게 맹세했다네. 만약 내가 그것 때문에 목숨을 잃는다 하더라도 말이지. 자네는 나를 이해해주겠지!

우리는 잠시 쉬기 위해 홀을 거닐었네. 그리고 그녀는 자리에 앉았지. 내가 한쪽으로 밀쳐놓았던 오렌지 몇 개로 기운을 차렸어. 다만 로테가 그 오렌지 조각을 옆자리의 별 볼일 없는 여성들에게 나누어 줄 때 바늘이 가슴을 찌르는 듯했지.

세 번째 영국 춤에서 우리는 두 번째에 섰어. 행렬 속에서 춤을 추는 우리와, 그녀의 팔을 잡고 그녀의 눈을 바라보는 내가 얼마나 진실한 표현으로 충만했으며, 또 얼마나 순수하기 그지없는 기쁨으로 가득했는지는 오직 신만이 아시겠지. 우리는 어느 부인에게 다가갔어. 그 부인은 그리 젊지는 않지만 사랑스러운 표정이 인상적인 사람이었지. 그녀는 로테를 향해 미소를 지었으나 이내 경고라도 하듯 그녀를 향해 위협적인 손가락질을 하며 알베르트라는 이름을 두 번이나 말하더군. 그 말에는 아주 많은 의미가 담긴 듯했어.

"알베르트가 누구죠?" 내가 로테에게 물었어. "이 질문이 실례가 되지 않는다면 말이죠." 그녀가 대답을 하려는 순간 우리는 큰 팔자형을 그리기 위해 잠시 서로에게서 멀어져야만 했어. 우리가 다시 서로를 스치며 지나갈 때 그녀는 생각에 가득 잠긴 표정을 지으며 대답했어. "뭐 숨길 일은 아니에요." 그녀는 내 손을 잡았지. "알베르트는 아주 훌륭한 신사분이지요. 저와 약혼한 사이나 다름없는 분이고요."

그 말이 나에게 새롭지는 않았지. (오는 길에 들었으니 말이야.) 하지만 짧은 시간에 나에게 이렇게나 소중한 존재가 되

어버린 그녀와 미처 연관 짓지 못했기 때문에 생전 처음 듣
는 이야기처럼 너무 낯설게 느껴졌어. 나는 완전히 혼란스
러워져 엉뚱하게 다른 커플 사이로 끼어 들어갔고 그 때문
에 전체가 뒤죽박죽 엉망이 되어버렸다네. 로테가 급히 나
를 이끌고 재빠르게 상황을 정리해 질서를 되찾아주었다네.

　아직 춤이 다 끝나지도 않았는데 번개가 치기 시작했어.
이미 오래전부터 먼 지평선에서 번쩍이는 것이 보이기는 했
지만 나는 그게 기온이 낮아진 탓이라고 둘러댔었는데, 천
둥소리가 너무 커 음악 소리가 묻힐 정도가 되었어. 세 명의
아가씨가 춤 대열에서 빠져나가자 그녀들의 파트너도 그 뒤
를 따랐어. 분위기가 어수선해지고 음악은 멈췄지. 즐거움
에 빠져 있다가 갑자기 불안감이 엄습하면 더 놀라는 것이
당연하겠지. 상반된 감정의 대비가 너무 강한 인상을 남기
게 되니 말이지. 우리의 감각이 예민해져 어떤 인상이든 빨
리 받아들이기 때문이지. 이런 이유로 몇몇의 여성이 얼굴
을 찡그리고 여러 명의 아가씨들이 동요하는 것을 보았다
네. 어떤 아가씨는 구석에 창문을 등지고 앉아 첫 번째 천둥
이 치자 귀를 막더군. 그러자 다른 아가씨는 그 아가씨 앞에
꿇어 앉아 그녀의 무릎에 얼굴을 파묻더군. 또 다른 아가씨
는 그 둘 사이로 파고 들어가 눈물을 흘리며 둘을 껴안았어.
몇몇은 집으로 돌아가고 싶어했어. 그리고 이 상황에서 어
떻게 해야 할지 갈피를 못 잡던 여성들은, 하늘을 향해 절박

한 심정으로 기도하는 아름다운 수난자들의 입술을 훔치는 엉큼한 젊은이들의 무례한 행동을 막지 못했네. 남자들 몇몇이 담배를 피우기 위해 아래로 내려간 사이, 나머지 무리는 그 집 안주인이 현명하게도 덧문이 딸리고 커튼이 쳐진 방으로 안내하겠다고 하자 모두 사양하지 않았지. 방으로 들어서자 로테는 바쁘게 움직여 의자를 동그랗게 모으더니 모두를 그곳에 앉히고 게임을 해보자고 했어. 모두들 찬성하며 각자 자리를 차지하고 앉았지.

그중 몇몇이 입맞춤이라는 달콤한 보상이라도 기대하는 듯 입술을 내밀고 의욕을 불태우는 것을 나는 보았어.

"숫자 세기 놀이를 해요!" 로테가 말했지. "전부 여덟 명이군요! 자, 제가 오른쪽에서 왼쪽으로 돌 테니 자기 차례의 숫자를 말하는 거예요. 자기 차례가 되면 숫자를 세고 다음 사람이 그다음 숫자를 세는 거죠. 만약 틀리면 뺨을 맞는 거예요! 숫자는 천까지 세는 걸로 해요."*

정말 재미있는 광경 아닌가. 그녀는 소매를 걷어 올리고 원을 돌기 시작했어. "하나." 첫 번째 사람이 시작하자 다음 사람이 "둘" "셋" 하고 숫자를 세기 시작했지. 그러자 로테가 점점 빨리 돌기 시작했고, 한 명이 숫자를 틀렸어. 찰싹!

* 독일어의 숫자 체계는 어려워서 빨리 말하기가 힘들다. 48을 예로 들면 독일어로 8과 40이라고 말해야 하는데 achtundvierzig이다. 그 단어 자체가 길어 백단위로 넘어가면 더 길고 어려워진다.

그러자 사람들이 웃음을 터트렸고 바로 다음 사람도 숫자를 틀렸어. 또 찰싹! 그리고 점점 더 빨리 도는 거지. 나 역시 두 번이나 틀려 뺨을 맞았는데 다른 사람보다 더 세게 때리는 것 같아 기뻤다네. 모두들 즐겁게 웃고 떠드는 사이 게임은 천을 세기도 전에 끝이 났어. 친한 사람들끼리 삼삼오오 짝을 지어 자리를 뜨기 시작할 무렵에는 천둥번개도 그쳐 있었지.

나는 로테를 따라 홀로 나왔어. 가는 길에 로테가 말했어. "뺨을 맞느라 사람들이 날씨는 완전히 잊어버렸어요!" 나는 적당한 대꾸를 하지 못했지. "저야말로 말이죠." 로테가 말을 이었어. "정말 겁쟁이에요. 하지만 다른 사람들에게 용기를 주려고 하다 보니 어느새 용기 있는 사람인 척 해버렸네요."

우리는 창가로 다가갔지. 이제 천둥소리는 멀리서 은은하게 들려오고 아름다운 보슬비가 땅을 적시고 있었어. 상쾌한 향을 가득 머금은 따스한 공기가 우리를 감쌌어. 그녀는 창틀에 팔꿈치를 걸치고 서서 먼 곳을 향해 시선을 던지고 있었다네. 하늘을 바라보던 그녀의 시선이 나를 향했을 때 나는 그녀의 눈에 눈물이 가득 고인 것을 보았네. 로테는 그녀의 손을 내 손 위에 올려놓으며 나지막이 말했지.

"클롭슈토크!"* 나는 그 순간 그녀의 머릿속에 자리 잡고 있는 웅장한 송시를 떠올렸지. 그리고 그녀가 나에게 던진 물음을 해결하기 위해 감정의 물결에 몸을 던지고 말았어. 나는 주체하지 못하고 기쁨의 눈물을 흘리며 몸을 굽혀 그녀의 손에 입을 맞추었다네. 그리고 그녀의 눈을 다시 바라보았어. 시인이시여! 당신께서 저의 이 눈빛에 담긴 공경심을 보았더라면! 그러나 나는 이제 당신의 신성한 이름이 세인들로 인해 더럽혀지는 것을 원치 않습니다.

6월 19일

지난번 내가 어디까지 설명했는지 기억나지 않는군. 내가 기억하는 건 새벽 2시에 잠자리에 들었다는 사실이지. 내가 편지를 쓰지 않고 직접 이야기를 했다면 아마 나는 자네를 아침까지 붙잡고 있었을 거야. 무도회가 끝나고 돌아오는 길에 있었던 일을 아직 이야기하지 못했는데, 그렇다고 오늘 그 이야기를 할 수는 없을 것 같네.

그날의 일출은 정말 멋졌어. 이슬을 머금은 숲과 싱그러운 초원이 펼쳐져 있었다네! 우리와 동행하던 이들은 졸기 시작했다네. 그녀는 나에게도 잠시 눈을 붙이는 것이 어떻

겠느냐고 했어. 그러고는 자신은 나를 방해하지 않겠다고
했다네. "당신이 잠들지 않는 한." 나는 그녀를 정면으로 응
시하며 말했지. "절대 그런 일은 없을 겁니다." 우리는 둘
다 그녀의 집에 도착할 때까지 깨어 있었다네. 하녀가 조용
히 문을 열었고, 로테의 질문에 그녀의 아버지와 아이들은
다 잘 있고 아직 잠들어 있다고 전했지. 헤어지면서 나는 그
녀에게 오늘 한 번 더 만나러 와도 되느냐고 부탁했고, 그녀
의 허락을 받은 후 집으로 돌아왔지. 그 순간 이후로 해와
달과 별은 묵묵히 자신의 일을 하고 있지만 나는 지금이 낮
인지 밤인지도 분간할 수가 없네. 나를 둘러싼 세상은 그날
이후로 모두 사라져버렸어.

6월 21일

나는 마치 하느님의 낙원에 있는 것 같은 행복한 날들을 보
내고 있네. 내가 무엇을 원하게 될지는 아직 말할 수는 없지
만, 내 생에서 이런 순수한 기쁨을 즐겼던 적은 없다네. 자
네는 나의 발하임을 알 테지. 나는 그곳에 자리를 잡았다네.
그곳에서는 30분 정도면 로테가 사는 곳으로 갈 수 있거든.
발하임에서 나는 나 자신을 느끼고, 내게 인간으로 주어진
모든 것에 기쁨을 느낀다네.
　발하임에서 산책하기로 했을 때만 해도 이곳이 이렇게 천

국에 가까운 곳이라고는 생각지 못했어. 멀리 산책을 나가서나, 산에 올라가서나, 아니면 강 건너편에서 나는 얼마나 자주 내 소망이 가득한 사냥터 별장을 바라보고 있는지!

친애하는 빌헬름, 나는 스스로를 확장시키고 새로운 것을 발견하기 위해 주변을 배회하는 인간의 욕망에 대해 깊게 생각해보았네. 또한 자신의 한계를 제한하고 관습의 궤도 속에서 안주하며 우왕좌왕하지 않으려는 욕구에 대해서도 생각해보았지.

언덕 위에 올라 아름다운 계곡을 내려다보면 내 주위의 모든 것들이 정말 아름답다네! 이곳의 작은 숲이라니! 아, 저 숲의 그림자에 쉴 수 있다면! 산봉우리는 또 어떤가! 그곳에 서서 넓은 풍경을 바라볼 수 있다면! 서로 기댄 듯 다정하게 자리 잡은 언덕과 골짜기들! 그 속에서 길을 잃기라도 한다면! 나는 그곳으로 서둘러 달려갔지만 곧 다시 되돌아오고 말았네. 내가 원하는 것은 그곳에 없었거든. 아, 그곳은 마치 미래처럼 아득하다고나 할까! 거대하고 어두운 무엇인가가 우리의 영혼 앞에 자리를 잡아 우리의 감각을 흐리게 하고 우리의 눈을 어둡게 하지만 우리는 계속 그것을 그리워하는 것이지! 우리 존재 전체를 포기하고서라도 그저 유일하고, 거대하며, 아름다운 감정만 가득 채우고 싶은 이 열망 말일세! 그러나 말일세, 우리가 그 열망에 열중하여 마침내 우리가 찾던 그곳이 바로 이곳이 되어버리는 순간 모든 것은 예전으로 되돌아가 버리지. 그렇게 되면 우리는 여전히 빈곤하고 제한된 삶을 영위하고, 우리의 영혼은 잃어버린 삶의 청량제를 갈구하며 괴로워하는 것일세.

그렇기 때문에 떠도는 방랑자라 할지라도 결국 자신의 고향을 그리워하고, 아무리 넓은 세상을 헤매고 다녀도 결국 기쁨은 그의 오두막에서, 아내의 품에서, 아이들의 웃음과 그들을 키우는 것에서 발견하는 것이지.

아침 해가 떠오르면 나는 바로 발하임으로 달려간다네. 그곳 주점의 정원에서 완두콩을 몇 개 따다가 자리에 앉아 콩깍지를 까면서 호메로스를 읽는다네. 가끔 부엌에서 냄비를 하나 골라 콩과 버터를 넣고 뚜껑을 덮어 불에 올려놓고 뒤적이는데 그럴 때마다 오디세우스의 아내 페넬로페에게 구혼하던 사내들이 소와 돼지를 잡아 불에 굽는 광경이 떠오르고는 한다네. 이런 작은 부족사회의 모습은 나를 평온함과 진실함으로 가득 채워주네. 신께 감사하게도 나는 어떠한 허세도 없이 이런 생활을 누릴 수 있다네.

자신이 직접 기른 양배추를 식탁에 올리는 소박한 기쁨을 즐기는 것처럼 행복한 일이 어디 있겠는가. 단지 양배추뿐만 아니라 양배추를 심었던 아름다운 아침과, 물을 주던 사랑스럽던 저녁으로 가득한 멋진 날들, 또한 점점 불어나는 부가 가져다주는 기쁨, 이 모든 것을 한순간에 만끽할 수 있다네.

<u>6월 29일</u>

그저께 내가 로테의 동생들과 시간을 보내고 있을 때 시내에서 의사 한 명이 로테의 아버지를 만나러 왔다네. 어떤 아이들은 나에게 매달리기도 하고, 또 몇 아이는 내 목을 졸라 댔지. 내가 간지럼을 태우자 큰소리를 지르며 웃기도 했다네. 그 의사는 매우 편협하고 독단적인 사람이었다네. 대화를 나누는 도중에도 소매의 주름을 펴고 옷깃을 만지며 점잔을 빼는 사람이었는데, 우리의 모습을 보고 품위가 없다고 여기는 것 같았네. 나는 그의 코웃음을 보고 그걸 알아차렸으나 신경 쓰지 않고 아이들에게 다시 카드로 집을 지어 주었지. 그는 그 이후에 베르테르가 이미 버릇없는 집 아이들을 더 엉망으로 만들었다고 이야기하고 다닌다네.

빌헬름, 이 세상에서 어린아이들만큼 내 심장과 가장 가까운 존재는 없다네. 아이들을 바라보고 있노라면 아주 사소한 것에서도 언젠가 꼭 필요하게 될 덕목과 힘이 자라는 것을 느낄 수 있어. 고집 피우는 아이에게서는 의연하고 강한 심성을 알 수 있고, 가벼운 장난을 치는 아이에게서는 세상의 위험을 극복해 나갈 재치를 본다네. 그것이 때묻지 않고 그대로 유지되는 것을 보고 있으면 말이지 인류의 스승이 남겨준 금 같은 교훈을 떠올릴 수밖에 없다네.

"만일 너희가 아이들처럼 되지 않는다면!"*

내 사랑하는 친구여, 아이들이야말로 우리와 동등한 인격체이자 어떨 때는 우리가 모범으로 삼아야 할 존재이지. 그런데 우리는 아이들을 스스로의 의지가 없는 것처럼 아래에 두고 함부로 대하지 않는가! 하지만 대체 우리에게는 어떤 의지가 있는가? 그리고 어디에서 그런 권리가 나오는가? 단지 우리가 더 나이를 먹었고, 더 분별력이 있기 때문인가? 자비로운 신이시여! 신의 눈에는 단지 나이 먹은 어린아이와 나이 적은 어린아이 그 이상도 아니겠지요. 당신에게 어느 쪽이 더 기쁨을 주는지 이미 당신의 아들이 오래전에 가르쳐주었습니다. 그러나 그를 믿는 사람들은 그의 말을 듣지 않습니다. 나이를 떠나서 말이지요! 그들은 그들의 방식대로 아이들을 교육합니다.

그럼, 빌헬름 잘 있게. 더 이상 떠들고 싶지 않군.

7월 1일

아픈 사람에게 로테가 어떤 존재인지 나는 마음 깊이 느끼고 있어. 지금 내가 그 누구보다 비참하게 앓고 있기 때문이라네. 로테는 시내에 사는 어느 점잖은 부인 댁에 며칠 머

---

* 마태복음 18장 3절 참조.

물기로 했어. 그 부인은 임종을 앞두고 있는데, 생이 마지막 순간에 로테가 함께하기를 원하고 있기 때문이지. 지난주에 로테와 나는 한 시간 정도 떨어진 곳에 계시는 목사님을 찾아뵈었어. 우리는 4시 즈음 도착했다네. 로테는 둘째 여동생을 데려갔지. 우리가 두 그루의 큰 호두나무 그늘로 덮인 목사관 마당에 들어서자 현관 앞에 놓인 의자에 앉아 있는 선량한 노인이 보였지. 그는 로테를 보자 얼굴에 생기가 돌며 그녀를 맞이하기 위해 지팡이를 짚는 것도 잊은 채 자리에서 벌떡 일어섰다네. 그러자 그녀는 얼른 그에게 달려가 그를 앉혔지. 그리고 옆에 앉아 아버지의 안부를 전하고, 노목사의 버릇없고 지저분한 늦둥이 막내아들을 사랑스럽게 안아주었다네. 그녀가 그 노인을 얼마나 즐겁게 해주는지 자네도 보아야 하는데! 그녀가 귀가 어두운 그를 위해 목소리를 높이며 건강하던 젊은 사람들의 갑작스러운 죽음을 전하고, 여름을 카를스바트에서 보내기로 한 노목사의 결정을 칭찬하며 그곳의 장점을 이야기하는 모습을 말일세. 그리고 그의 얼굴이 마지막으로 보았던 때보다 훨씬 좋고 편안해 보인다는 이야기도 덧붙이는 그 모습을 말일세. 그사이에 나는 목사 부인에게 정중하게 인사를 드렸다네. 노목사는 그사이에 완전히 생기를 되찾았어. 내가 멋진 그늘을 드리우고 있는 호두나무를 칭찬하자 그는 약간 힘들어하는 기색을 보이면서도 나무에 얽힌 이야기를 해주기 시작했다네.

"이 늙은 나무는 말이지." 그가 이야기했다네. "누가 심었는지는 모른다네. 누구는 이 사람이 심었다, 또 누구는 다른 목사가 심었다고들 한다네. 하지만 저 뒤쪽의 어린 나무는 내 아내랑 동갑으로 10월이면 쉰이 되지. 장인어른이 아침에 나무를 심었는데, 그날 저녁 즈음 아내가 태어난 것이지. 장인어른은 이곳의 전임 목사셨다네. 그분은 정말 저 나무를 아끼고 사랑하셨지. 나도 마찬가지지만 말일세. 내가 27년 전 가난한 대학생으로 처음 이 마당에 들어섰을 때 아내는 저 나무 아래에 앉아 뜨개질을 하고 있었다네."

로테가 따님은 어디 있냐고 묻자 그는 슈미트 씨와 함께 일꾼들이 있는 들로 나갔다고 했어. 그러면서 그는 말을 이어갔지. 전임 목사가 그를 얼마나 아꼈는지, 그리고 그 딸도 자신을 얼마나 사랑했는지 말이지. 그는 처음에는 전임 목사의 부목사가 되었다가 나중에는 전임 목사의 후계자가 되었다고 했지. 그가 길지 않은 이야기를 마쳤을 때 노목사의 딸이 슈미트라는 사람과 함께 돌아왔다네. 그녀는 진심으로 로테를 반겼어. 그녀는 활기로 가득 찬 갈색 머리의 아가씨로, 이런 시골에서 잠깐 이야기 나누기 좋은 상대로 내 마음에도 들었다네. 그녀의 연인(그 슈미트라는 사람 말이지. 그의 태도로 나는 금방 알아챌 수 있었다네)은 잘생기고 조용한 사람이었는데, 로테가 계속 말을 걸었지만 우리의 대화에 별로 끼려 하지 않았어. 그의 표정을 보아 하니 그가 우리와의 대화를 꺼려했던 것은 식견이 부족하기 때문이라기보다는 성격이 완고하고 유머 감각이 없기 때문인 것 같았지. 그 사실이 나에게는 참으로 유감스러웠다네. 산책 중에 로테와 같이 걷던 프리데리케가 이따금 나와 이야기를 나누면 안 그래도 갈색인 그의 얼굴이 눈에 띄게 어두워지는 것으로 그 사실은 더욱 확실해졌지. 그럴 때면 로테가 내 소매를 살짝 잡아당겨 내가 프리데리케와 너무 가깝게 있다는 사실을 알려주곤 했다네. 사람들이 괜스레 서로를 괴롭히는 것은 정당하지 못한 일이라네. 모든 기쁨을 마음껏 즐길 수 있는 인생의 절정기를 보내고 있는 젊은이들이 좋은 날을 찡그린 얼굴로 보내고 나서야 돌이킬 수 없다는 것을 깨닫는 일말일세. 그런 생각이 나를 화나게 만들었고, 우리가 저녁 무렵에 목사관으로 돌아와 탁자에 둘러앉아 우유를 마시며 세상의 기쁨과 고통에 대해 이야기를 나누게 되었을 때 참지 못하고 불쾌한 우울증에 대한 이야기를 늘어놓았다네.

"우리 인간들은 자주 불평을 하는 존재죠." 내가 말을 시작했네. "좋은 날은 너무 적고 나쁜 날만 가득하다고 말입니다. 하지만 내 생각에 그것은 옳지 않습니다. 신께서 매일 우리에게 마련해주시는 좋은 것들을 즐긴다면, 우리에게 나쁜 일이 닥치더라도 그것을 충분히 이겨낼 힘을 가질 수 있을 겁니다."

"하지만 우리의 기분은 우리 능력 밖의 일이에요." 목사님 부인이 말을 이었지. "기분이 몸 상태에 정말 좌지우지된다오. 몸 상태가 좋지 않으면 모든 것이 엉망이 되어버리지."

나는 그녀의 말에 동의했어. "당연한 말씀입니다." 나는 말을 이어갔지. "그렇기에 우리는 그것을 병이라 보고 잘 살펴서 치료할 방법을 찾아야 합니다."

"맞는 말이에요." 로테가 말했어. "저도 모든 건 어쨌든 우리에게 달려 있다고 생각해요. 그건 저의 경우를 보아도 알 수 있어요. 무언가가 나의 마음을 조롱하고 기분을 망치려 할 때면 저는 벌떡 일어나 정원으로 나가 노래를 부르며 산책을 한답니다. 그러면 그런 기분은 어느새 달아나버리고 없죠."

"내가 이야기하려던 것이 바로 그겁니다." 내가 덧붙였지. "우울증은 태만과 아주 닮아 있습니다. 어쩌면 태만의 한 부분일 수도 있습니다. 우리의 천성은 사실 그런 태만을 담고 있다고 할 수 있죠. 하지만 한 번만 힘을 내어 그것을 거부한다면 우리의 일상은 아주 순조롭게 굴러갈 것이고, 일상 속의 순수한 기쁨을 다시 발견할 수 있을 것입니다."

프리데리케는 내 말에 집중하고 있었지. 하지만 젊은 청년은 나에게 반기를 들었다네. 인간은 자신을 조절할 수 없으며, 게다가 자신의 감정을 조절하는 것은 불가능하다고 말일세.

"여기서 우리가 말하는 것은 기꺼이 떨쳐버리고 싶은 안 좋은 감정들입니다." 내가 덧붙였어. "그건 사실 누구나 피하고 싶어합니다. 하지만 그 누구도 자신의 힘이 어느 정도인지는 직접 해보지 않고는 모릅니다. 아시다시피 사람은 병에 걸리면 그 병을 낫게 하기 위해 모든 의사를 찾아다니고 그 어떤 쓴 약도 마다하지 않습니다." 나는 노목사가 우리의 토론에 참여하고 싶어 이야기에 열심히 귀 기울이고 있는 것을 눈치채고 그를 향해 몸을 돌리며 목소리를 높였다네. "저는 죄를 짓지 말라는 설교는 넘쳐나게 많이 들었지만, 단 한 번도 나쁜 우울증을 없애야 한다는 목사님의 설교는 들어본 적이 없습니다." (오늘날에는 라바터의 요나서에 대한 설교집이 이에 대한 훌륭한 예가 될 것입니다.)

"그건 도시 목사들이 나서야지." 그가 입을 열었어. "농부들에게 우울한 감정 따위는 없다오. 하지만 목사 부인이나 행정관들을 상대로 하면 그것도 나쁘지는 않겠군."

그 말을 듣고 전부 웃었다네. 그러다가 노목사가 기침을 하는 바람에 우리의 토론은 잠시 중단되었지. 젊은 청년이 다시 말을 이었다네. "아까 우울함은 죄라고 하셨는데, 제 생각에 그건 너무 지나친 과장인 것 같습니다."

"그렇지 않아요." 나는 대답했다네. "자기 자신과 주변 사람들에게 해를 끼치고 있다면 당연히 죄라고 불러야 마땅합니다. 게다가 서로를 행복하게 만들지 못하고, 우리가 누릴 수 있는 기쁨을 빼앗는 것인데 당연히 죄가 아닐까요? 그렇다면 주변 사람들의 기쁨을 망치지 않으려고 우울한 기분을 가지고도 그것을 숨기고 혼자만 품고 있는 사람이 있다면 좀 알려주면 좋겠군요! 불쾌한 감정은 바로 자격지심에 대한 내면의 불만에 불과한 것이며, 그것은 어리석은 허영심과 시기심에 기인한 것이 아니겠습니까? 다른 사람들을 행복하게 만들어주지도 못하면서 행복한 사람들을 보면 행복하지 않다는 사실을 견딜 수가 없는 것이죠."

내가 흥분하며 열변을 토하는 모습을 보고 로테는 미소를 지었어. 그리고 프리데리케의 눈에 맺힌 눈물은 나에게 계속 말하도록 격려했지.

"누군가 말이죠." 내가 말했어. "다른 사람의 마음을 자기 마음대로 할 수 있는 힘을 가졌다고 해서, 다른 사람의 마음에 저절로 피어나는 기쁨을 빼앗아버리는 것은 폭력이라 불러 마땅합니다. 그 어떤 선물이나 호의로도 폭군의 질투심이 망쳐버린 우리의 기쁨을 보상할 수는 없습니다."

그 순간 내 심장은 벅차올랐다네. 지난날의 무수한 시절이 떠올라 눈에서는 눈물이 흐르기 시작했지.

"매일 명심해야만 하는 것은!" 나는 외쳤다네. "당신이 친구에게 해줄 수 있는 유일한 것은 그들이 기쁨을 더없이 누릴 수 있게 하고, 그 행복을 더해주는 것밖에는 없다는 사실입니다! 만약 당신의 친구가 내면 깊숙이 슬픔에 가득 잠겨 고통에 몸부림치고 있을 때 그들에게 한 방울의 위로라도 건넬 수 있나요? 만약 꽃다운 시절을 당신에게 짓밟혀 펴보지도 못한 여인이 큰 병에 걸려 공허한 눈빛을 하늘에 던지고, 죽음을 앞둔 이마에는 식은땀이 맺혀 있는 것을 당신이 보고 있다고 생각해보지요. 당신이 그 어떤 수단과 방법을 동원하더라도 더 이상 아무것도 할 수 없다는 사실에 절망하며 침대 앞에 서 있다면요. 당신은 그녀를 위해 할 수 있다면 한 방울의 약이나 약간의 용기라도 주겠다고 불안에 떨며 있을 뿐이지만 결국 아무것도 할 수는 없겠지요."

그렇게 말하던 그 순간, 지난날 겪었던 예전 일이 떠오르고 말았다네. 나는 수건으로 눈을 가리고 그 자리를 떠났어. 이제 그만 돌아가자고 나를 부르는 로테의 목소리를 듣고서야 정신을 차렸지. 돌아가는 길에 로테는 내가 매사에 너무 열을 올린다고 나를 나무랐다네. 그건 나 자신을 해치는 일이라고 말이지! 나는 나 자신을 좀 돌보아야 한다고 하더군. 오, 천사여! 나는 당신을 위해 사는 것이라오!

7월 6일

로테는 여전히 그 위독한 여자 친구 곁을 지킨다네. 늘 그렇듯이, 언제나처럼 온 마음을 다해 다른 사람을 위하는 그녀는 아픈 사람의 고통을 덜어주고 희망을 가질 수 있도록 만들어줘. 그녀는 어제 저녁에 마리안네와 꼬마 말헨을 데리고 산책을 했는데, 나는 그걸 알고 중간에 만나 함께 길을 걸었다네. 한 시간 반 정도 산책을 한 다음 시내로 돌아와 그 샘터로 갔어. 나에게 너무 소중한 그곳은 이제 천 배나 더 소중한 곳이 되었지. 로테가 낮은 담장에 걸터앉고 우리는 그녀 앞에 섰어. 나는 주위를 둘러보았어. 아, 정말 내 가슴이 외로움에 사로잡혀 있던 그 시간이 생생하게 떠오르더군.

"아름다운 샘이여!" 내가 말했지. "그 이후로 너의 시원한 그늘에 앉아 쉰 적도 없고, 늘 바쁘게 지나가느라 너를 제대로 쳐다보지도 않았구나."

아래를 내려다보니 귀여운 말헨이 물 한 잔을 떠서 서둘러 올라오고 있더군. 나는 로테를 바라보며 그녀의 소중함을 새삼 느끼고 있었어. 그사이에 말헨이 물을 가지고 다가왔지. 마리안네가 물잔을 받으려고 하자 그 작은 꼬마는 외쳤어. "안 돼!" 그리고 귀엽게 이렇게 말하는 게 아닌가. "안 돼, 로테 언니, 언니 먼저 마셔야지!"

나는 그 아이의 천진난만함이 너무 귀여워 참을 수가 없었다네. 그래서 번쩍 안아 올려 입맞춤을 해주었다네. 그러자 꼬마가 마구 소리를 지르며 울기 시작했다네.

"당신이 잘못하셨어요." 로테가 말했어. 나는 몹시 당황했다네. "이리 와, 말헨." 그녀는 아이의 손을 잡고 샘가 계단으로 내려갔다네. "자, 여기 깨끗한 샘물로 씻으면 아무

일도 일어나지 않을 거야. 괜찮아."*

나는 그 자리에 서서 꼬마의 작은 손이 얼마나 열심히 얼굴을 문질러대는지를 지켜보았다네. 그 기적의 샘물이 모든 더러움을 막아 흉한 수염이 나지 못하게 한다고 믿고 있는 듯했지. 로테가 "이제 충분해. 그만!"이라고 말했지만 그 꼬마는 더 열심히 씻었어. 더 많이 씻어야 효과가 더 난다는 듯이 말이야.

빌헬름, 자네이니 내가 하는 말이지만 난 그 어떤 세례식에도 그런 경건한 마음을 가진 적이 없었다네. 로테가 샘에서 올라왔을 때 나는 어느 민족의 죄를 씻어준 대예언자에게 하듯이 그녀 앞에 기꺼이 무릎을 꿇고 싶었어.

그날 저녁 나는 가슴에 벅차오르는 기쁨을 주체하지 못하고 이해해줄 만하다 생각한 사람에게 이 이야기를 해주었다네. 그런데 그의 반응은 영 별로였어! 오히려 로테의 행동이 잘못된 것이라고 하더군. 아이들에게 근거 없는 소리를 믿게 해서는 안 된다고 말이지. 그는 그런 행동들이 아이들에게 어리석음을 불러일으키고 미신을 믿게 하는 원인이 되니 우리가 아이들이 어렸을 때부터 보호해야 한다고 했네. 나는 그가 여드레 전에 세례를 받았다는 생각이 떠올랐네. 그래서 침묵을 지키고 신이 우리를 대하듯 우리는 아

---

* 남자 어른이 어린 여자아이에게 입맞춤을 하면 수염이 난다는 독일 동화가 있다.

이들을 대해야 한다는 진실을 마음에 깊이 되새겼다네. 신은 우리에게 즐거운 망상을 통해 황홀함을 맛보게 함으로써 큰 기쁨을 주신다는 것을 말이지.

7월 8일

사람이 어떻게 이토록 어린애 같은 수 있을까! 어떻게 이렇게나 눈길 한번을 받으려 안달할 수 있는지! 어찌 이리 어린애 같단 말인가! 우리는 발하임으로 갔다네. 여성들을 태운 마차는 먼저 떠나고 우리는 걸어서 가는 길이었어. 나는 가는 내내 로테의 검은 눈동자만 생각하고 있었어. 나는 정말 바보 같아. 자네에게는 용서를 구하네! 하지만 자네도 그 눈동자를 직접 보았어야 해. 짧게 이야기하겠네. (너무 졸려 눈이 감기는군.) 여성분들이 마차에 올라타고 젊은 청년 W와 셀슈타트, 아우드란 그리고 나는 마차 주위에 서 있었지. 마차에 앉은 여인들은 밖에 선 청년들과 흘려보내는 가벼운 잡담을 나누고 있었지. 나는 로테의 눈만 바라보고 있었어. 아, 그러나 그녀는 다른 사람들만 쳐다보았지. 나만 빼고 말이야! 나만, 나만 바라보지 않았다네! 거기에 고립되어 홀로 서 있는 나만 빼고 말이지! 그녀는 나를 느끼지 못하고 있는 듯했어! 나는 하는 수 없이 그녀의 눈길을 단념하고 슬픔에 잠겼어. 내 마음은 그녀에게 수천 번이나 작별을 고했어! 하지만 그녀는 나를 바라보지 않았다네! 마차가 떠나고 내 눈에는 눈물이 고였지. 내가 떠난 그녀를 바라보고 있을 때 로테의 머리 장식이 마차 밖으로 나오는 것이 보였어. 아! 나를 보기 위해서 뒤돌아본 것일까? 친구! 이런 확실하지 않은 것이 나를 안절부절못하게 만든다네. 아마 그녀가 나를 보려 했다는 것만이 나에게 위로가 된다네. 아마도 말이지! 그럼 좋은 밤 되게. 나는 어쩌면 이렇게 어린 애 같은지!

7월 10일

사람들에게서 로테 이야기가 나올 때면 내가 얼마나 바보같이 변하는지, 자네가 그걸 한번 봐야 하는데 말이지! 그 중에는 나에게 그녀가 마음에 드느냐고 물어보는 사람도 있다네. 마음에 들다니! 나는 이 표현이 죽을 만큼 싫다네. 도대체 어떤 인간이 그녀의 모든 영혼과 감정을 놓치고 단순히 마음에 들기만 할 수 있단 말인가! 마음에 드느냐고! 어떤 사람은 나에게 오시안*이 마음에 드느냐고도 물어보았다네!

---

* 고대 켈트족의 전설적인 시인이자 용사로 1765년 J. 맥퍼슨의 시집을 통해 이름이 알려졌다. 시는 우울한 낭만적 정서를 담고 있으며 18세기 후반의 풍조에 영입되어 많은 사람들이 애송하였고 낭만파 시인들에게 큰 영향을 미쳤다.

<u>7월 11일</u>

M부인의 상태가 아주 나쁘다네. 나는 부인의 쾌유를 기도하고 있어. 그것이 로테의 마음을 돕는 길이니 말일세. 나는 그 부인의 집에서 가끔 로테를 만나곤 하는데, 오늘 로테가 들려준 이야기는 아주 놀라운 것이었어. M노인은 성격이 아주 고약한 구두쇠로, 당연히 그 부인에게도 평생 불평만 늘어놓고 인색하게 굴며 괴롭혔어. 하지만 그럼에도 부인은 살림을 잘 꾸려왔지. 며칠 전, 의사가 이제 삶이 얼마 남지 않았다는 이야기를 하자 그녀는 자신의 남편을 불러 (그 방에는 로테도 있었다네) 자신의 남편에게 이야기했지.

"내가 죽고 나서 집안에 시끄러운 일이 생기지 않도록 그전에 당신에게 고백할 말이 있어요. 나는 지금까지 정말 열심히 한 푼 한 푼 아끼며 알뜰하게 살림을 했어요. 하지만 지난 30년간 당신을 속인 일은 내가 사과할게요. 우리가 처음 결혼할 때 당신은 식비와 살림에 쓰는 돈으로 아주 적은 금액을 주었죠. 그 이후 우리 살림이 더 커지고 사업이 번창해도 당신이 주는 생활비는 늘 같았고, 내가 아무리 돈을 더 달라고 말해도 당신은 그러지 않았어요. 그러니까, 당신도 알다시피 우리 식구가 제일 많았던 그 시기에도 나는 고작 7굴덴으로 일주일을 살아야 했어요. 나는 별말 없이 그렇게 살아왔고 모자라는 금액은 다른 방법을 통해 보충했어요.

아마 어느 누구도 안주인이 집안 금고에 손을 댈 거라고는 상상하지 못했을 거예요. 그렇다고 내가 한 푼이라도 낭비한 것도 아니니 아무 말 않고 죽어도 나는 당당해요. 하지만 내 뒤를 이어 살림을 하는 사람은 아무 영문도 모를 텐데, 당신은 왜 내 전처럼 못 하냐고 들볶을 것이 빤하니 내 말 하는 거예요."

나는 로테와 놀라울 정도로 어리석은 인간의 영혼에 대해 이야기했다네. 정말 믿을 수 없는 일이야. 그 정도의 살림살이라면 누가 보아도 두 배 정도의 생활비가 든다는 것을 알 텐데, 일주일에 7굴덴으로 가능하다면 당연히 그 뒤에 무언가 숨겨져 있는지 보아야 하는 게 아닌가. 나는 그야말로 집에 줄지 않는 기름 항아리*가 있다고 믿는 사람을 직접 본 것이라네.

7월 13일

아니, 그건 내 착각이 아닐세! 나는 로테의 검은 눈동자에서 나와 내 운명에 대한 진지한 공감을 읽었어. 그렇다네. 나는 분명하게 느꼈어. 그리고 그걸 내 마음 깊이 간직하고

---

* 구약성서 「열왕기 상」 17장 내용. 목마름과 배고픔에 지친 예언자가 어느 가난한 과부에게 물 한잔을 청했는데, 그녀가 없는 살림을 모두 내오자 이제 너의 집에 줄어들지 않는 기름 항아리가 있을 것이라고 예언한 것을 말한다.

있어. 그건, 아! 내가 천국을 말로 표현할 수 있을까? 그녀도 나를 사랑하고 있다네!

나를 사랑한다니! 이것이 나 자신을 얼마나 가치 있게 만드는지 모르겠어! 자네는 내 모든 것을 이해할 만한 사람이라 생각하고 전부 이야기하는 것일세. 나는 나 자신이 정말 존경스러워. 그녀가 나를 사랑하기 때문에 말이지!

이건 내 착각인 걸까? 아니면 그저 진실한 관계에서 느끼는 감정일 뿐일까? 내가 로테의 마음속에 있는 것을 느낄 때면 나는 그 누구도 두렵지 않아. 하지만 그녀가 따뜻한 애정과 사랑을 담아 약혼자 이야기를 할 때면 나는 모든 명예와 지위를 박탈당하고 단검마저 빼앗긴 사람과도 같은 기분을 느낀다네.

7월 16일

내 손가락이 우연히 그녀의 손가락을 스치면, 우리의 발이 식탁 밑에서 부딪치기라도 하면 내 모든 맥박은 얼마나 빠르게 요동치는지! 나는 불에라도 데인 듯 얼른 움츠리지만 알 수 없는 힘은 자꾸만 나를 앞으로 잡아당긴다네. 모든 감각들이 현기증을 일으키는 것 같아. 아! 그녀의 순결하고 순진무구한 영혼은 전혀 느끼지 못하고 있어. 그녀의 그런 작은 호의가 나를 얼마나 어쩔 줄 모르게 만드는지 말이야. 그녀는 대화를 나누며 자신의 손을 내 손 위에 올려놓기도 하고, 흥미 있는 이야기를 들을 때면 몸을 나에게 바싹 기울여 그녀의 입에서 나오는 천사 같은 입김이 내 입술에 닿기도 해. 그러면 나는 벼락이라도 맞은 듯 쓰러지는 것 같다네. 빌헬름! 그렇다고 내가 이 천국 같은 존재를, 이 신뢰의 화신을 어찌할 수 있겠는가! 자네는 나를 이해하겠지. 아니야, 내 심장은 그렇게 타락한 것이 아니야! 그저 약할 뿐이라네! 너무 약할 뿐이야! 그것은 타락한 것이 아니지 않은가?

그녀는 나에게 너무 성스러운 존재야. 그녀 앞에서는 모든 욕망이 사라져버려. 그녀와 함께 있을 때면 나는 내 마음도 전혀 모르겠다네. 그건 마치 영혼이 내 모든 신경을 뒤죽박죽으로 만드는 것 같은 기분이지. 그녀에게는 천사의 힘을 받아 피아노로 연주하는 곡이 하나 있다네. 아주 단순하지만 정말 감정이 풍부한 곡이야. 그녀가 좋아하는 곡이지. 로테가 이 곡의 첫 음을 누르는 것만으로도 나는 모든 고통과 혼란, 우울에서 해방된다네.

고전 음악이 가진 마력에 대한 이야기는 나에게는 허무맹랑한 소리가 아니라네. 이런 단순한 노래가 나를 사로잡다니! 그리고 그녀는 그 노래를 연주할 때를 잘 알고 있어. 종종 내가 내 머리에 총이라도 쏘고 싶어질 때라네! 그 연주는 내 영혼의 혼란과 어둠을 걷어내고 나는 다시 자유롭게 숨을 쉴 수 있게 된다네.

<u>7월 18일</u>

빌헬름, 이 세상에 만약 사랑이 없으면 우리 마음은 어떻게 되겠는가! 아마도 불 꺼진 환등기와 같겠지! 작은 램프를 안으로 집어넣는 순간 형형색색의 아름다운 형상이 하얀 벽에 비춰지는 것이 아니겠는가! 설사 그것이 그저 순간적으로 스쳐 지나가는 환영이라 할지라도 우리가 어린 소년처럼 그 앞에 서서 늘 기쁨을 느낀다면 바로 그것이 우리에게 행복을 주는 것이 아니겠는가! 오늘은 도저히 피할 수 없는 모임이 있어서 로테에게 갈 수 없었다네. 내가 어떻게 했겠나? 오늘 그녀 가까이 있던 사람이라도 내 곁에 두고 싶어서 내 하인을 로테에게 보냈다네. 얼마나 초조하게 하인을 기다렸는지, 또 그 하인을 다시 보게 되자 얼마나 기뻤는지! 부끄러움이고 뭐고 그 하인의 머리를 붙잡고 입맞춤이라도 하고 싶었다네.

전에 들은 적이 있는데, 야광석이라는 돌은 낮에 햇빛 아래 두면 밤에도 한동안은 빛을 낸다고 하더군. 그 하인이 바로 내게 그런 존재였다네. 로테의 눈길이 그 하인의 얼굴, 그의 뺨과 윗도리 단추와 옷깃에 닿았었다고 생각하니 그의 모든 것이 성스럽고 소중하게 느껴졌어! 그 순간에는 누가 천 탈러를 준다 해도 그 하인과 바꾸지 않았을 거야. 그와 함께 있는 순간이 나에게 너무 소중했기 때문일세. 너무

웃지 말게. 빌헬름, 우리를 행복하게 하는 것은 단지 환영일 뿐일까?

7월 19일

"로테를 만나야지!" 아침마다 기쁨에 겨운 나는 아름다운 햇살의 상쾌함을 느끼며 이렇게 외친다네. "로테를 만나야지!" 하루 종일 이것 외에 다른 소원은 없다네. 모든 것, 모든 것이 이 소망 안에 녹아 있다네.

7월 20일

나에게 대사와 함께 ○○에 가보는 게 어떠냐는 자네의 제안에는 따를 수 없네. 내가 어디에 소속되는 것을 좋아하지 않기도 하고, 우리가 알다시피 그 대사는 좀 불쾌한 사람이기도 하지 않은가. 내 어머니가 내가 활동하기를 바라고 있다는 자네의 말은 나를 웃게 만들었네. 내가 지금 아무런 활동도 하고 있지 않다는 말인가? 내가 완두콩을 세든 렌즈콩을 세든 무엇이 다르단 말인가? 세상의 일이란 따지고 보면 다 하잘것없네. 자신의 열정이나 스스로의 필요가 아니라 다른 사람의 의지나 돈, 명예를 위해 일하려는 것은 바보나 하는 짓일 뿐이야.

7월 24일

그림 그리는 일을 등한시하지 말라는 자네의 충고에 대해
서는 자세히 이야기하지 않고 넘어가고 싶네. 사실 그 이후
로 그림을 거의 그리지 않았어.

하지만 이렇게나 행복하고, 이렇게나 자연에 대한 감수
성이 풍부한 적은 없었어. 작은 돌멩이 하나, 작은 풀잎 하
나에 이르기까지 말이야. 그런데 이것을 어떻게 표현해야
할지 모르겠다네. 내 표현력은 너무 빈약하고, 모든 것들이
내 영혼 앞에서 희미하게 떠다니며 변화해 그 윤곽조차 잡
기 어려워. 내게 점토나 밀랍이라도 있다면 무엇인가 만들
어볼 수 있을 텐데 말이야. 이런 상태가 길어지면 나는 점토
를 구해볼 작정이야. 비록 케이크밖에 못 빚더라도 말이지.

로테의 초상화를 세 번 시도했는데 세 번 다 실패하고 말
았어. 예전에는 아주 기쁜 마음으로 능숙하게 해내던 일이
었기 때문에 내 마음은 너무 괴로웠다네. 결국 로테의 실루
엣을 그렸는데 그것으로 만족해야만 했지.

7월 26일

사랑하는 로테, 내가 모든 것을 잘 처리할 테니 더 자주, 더
많은 일을 주시오. 부탁이 하나 있어요. 나에게 보내는 편지

에는 모래를 뿌리지 말아주시오. 오늘 편지를 받자마자 입
을 맞추었는데 입에서 모래가 씹혔다오.[*]

7월 26일

그녀에게 너무 자주 가지 말자고 벌써 여러 번 다짐했다네.
그러나 그게 잘 지켜질 리가 있겠는가! 매일매일 유혹에 굴
복해버리고 만다네. 그러면서 내일은, 내일만큼은 집에 머
물겠노라고 스스로에게 다짐한다네. 그러나 그 내일이 오
면 나도 모르게 그녀에게 갈 수밖에 없는 이유를 찾는 나를
발견한다네. 그게 아니라도 저녁에 "내일도 오실 거죠?"라
고 로테가 묻는데 누가 그걸 거절할 수 있겠는가? 혹은 로
테가 나에게 부탁을 할 때도 있는데, 그러면 내가 직접 그녀
에게 답을 주어야 하지 않겠나. 또 어떤 날은 날씨가 좋아
발하임에 가곤 하는데, 거기서 그녀 집까지는 겨우 30분이
야! 그곳에 가면 나는 그녀와 아주 가까이 있는 것처럼 느
낀다네. 결국 나는 어느새 그녀 곁으로 달려가 버리는 것이
지. 예전에 할머니에게 자석으로 된 산 이야기를 들은 적이
있어. 배가 그 산 가까이로 가면 갑자기 모든 쇠붙이들이 산
에 달라붙어 버리는데, 못이 전부 산으로 날아가 버려 불쌍

[*] 예전에는 잉크가 번지는 것을 막기 위해 편지를 쓰고 모래를 뿌렸다.

한 선원들은 무너져 내리는 나무판자들 사이에 깔려 죽게
된다는 이야기였지.

7월 30일

알베르트가 돌아왔으니 나는 떠나야겠지. 그가 정말 훌륭
하고 기품 넘치는 사람이어서 누가 보더라도 내가 그보다
못 하다는 것을 인정한다고 할지라도, 그가 이렇게나 완벽
한 로테를 내 눈앞에서 독차지하고 있는 모습을 보는 것은
견딜 수 없을 것 같아. 그는 승자야! 그것으로 이미 충분하
지. 빌헬름, 그녀의 약혼자가 여기 있다네! 늠름하고 멋진
남자라 모든 사람이 좋아할 수밖에 없지. 다행스러운 일은
그가 도착한 그 자리에 나는 없었다는 사실이라네. 거기에
있었다면 내 마음은 갈기갈기 찢어졌겠지. 게다가 그는 아
주 점잖은 사람이라 내 앞에서는 한 번도 로테에게 입을 맞
추지 않았다네. 신의 가호가 있기를! 로테에게 존경을 보이
는 그 모습에 나도 그를 사랑하지 않을 수 없어. 그 역시 나
에게 호감을 보이고 있지만 내 생각에 그건 그의 생각이라
기보다는 로테의 입김이 작용한 것 같아. 그러고 보면 여성
들은 섬세하고 현명하다 할 수 있지. 자신을 숭배하는 두 명
이 서로 사이좋게 지낼 수 있다면 그녀에게 이득이 되지 않
겠나. 늘 그런 일이 성공하는 것은 아니지만.

그럼에도 나는 알베르트에 대한 존경을 부정할 수 없다네. 그의 차분한 외모는 숨길 수 없는 내 불안한 성격에 비해 눈에 띈다네. 그는 감성도 풍부해서 로테의 진가를 누구보다 잘 알고 있어. 그는 불쾌한 감정을 잘 드러내지도 않아. 자네도 알다시피 그건 내가 무엇보다 가장 증오하는 인간의 죄 아닌가.

그는 나를 분별 있는 사람으로 생각한다네. 그래서 로테에 대한 나의 사랑, 그녀의 행동에 대한 나의 따뜻한 애정은 그의 승리를 더욱 빛나게 하지. 그럴수록 그는 더 그녀를 사랑하게 된다네. 그가 질투심에 로테를 괴롭히는 건 아닌지 알 수 없지만, 내가 그였더라도 질투의 악마로부터 안전하지는 않았을 것일세.

어찌 되었든 로테와 함께하는 기쁨은 사라져버렸다네. 이것을 어리석음이라고 불러야 할지, 아니면 눈이 멀었다고 해야 하나? 그게 무슨 상관인가! 지금이 모든 것을 다 설명해주고 있는데! 나는 모든 걸 이미 알고 있었다네. 알베르트가 오기 전부터 지금 내가 겪을 일들을 말이지. 나는 알고 있었네. 나는 아무 권리가 없고, 로테에게 어떠한 것을 요구해서도 안 된다는 사실을 말일세. 그래서 나는 아무것도 하지 않았어. 그렇게나 아름다운 사람을 앞에 두고도 최대한 가능한 범위 안에서 너무 많은 애정을 바라지는 않았다는 말일세. 그런데 지금 그가 실제로 돌아와 그녀를 채가는 것을 멀뚱히 눈뜨고 보고 있어야만 한다네.

나는 이를 악물고 내 처지를 비관하며 스스로를 한탄하고 있다네. 그리고 누군가 나에게 이제 다른 방법이 없으니 포기하라고 말하는 사람이 있으면 두 배, 세 배로 비웃어줄 것이네. 그런 허수아비 같은 놈들을 내쫓아버릴 것이네! 나는 숲 이곳저곳을 헤매고 있었어. 그러다 로테에게 갔는데 정원 정자에서 그녀 옆에 알베르트가 앉아 있는 것을 보고 아무것도 할 수 없었다네. 그래서 그만 바보같이 엄청난 장난을 치며 혼란스러운 행동을 해대기 시작했지. "세상에 맙소사." 오늘 로테가 나에게 말하더군. "제발 부탁이니 어제 저녁 같은 짓은 하지 마세요. 그렇게 이상한 모습을 보면 좀 무섭기까지 해요." 우리끼리의 이야기이지만 나는 알베르트에게 바쁜 일이 생기기를 바라고 있어. 그가 자리를 비우면 나는 얼른 로테에게 달려간다네. 그녀가 혼자 있는 모습은 언제나 나에게 편안함을 안겨준다네.

8월 8일

친애하는 친구 빌헬름, 내가 피할 수 없는 운명을 받아들이라고 한 사람들을 비난하기는 했지만 자네를 두고 한 말은 아니었다네. 자네가 그런 생각을 하리라고는 전혀 생각지도 못했어. 사실 본질적으로는 자네의 말이 맞아. 하지만 사랑하는 친구, 단 하나만 이야기하고 싶어! 세상에는 이것 아니면 저것이라고 딱 잘라 말할 수 있는 것은 별로 없지 않은가. 매부리코와 납작코 사이에도 아주 다양한 모양의 코가 있는 것처럼 사람의 감정과 행동에도 아주 다양함이 존재하는 것이라네. 그러니 자네의 주장에 동의하면서도 단순한 흑백논리를 부정하는 나를 나쁘게 여기지 말게나.

자네는 로테에게 희망을 가질 수 있는지 없는지를 이야기하겠지. 희망을 가질 수 있다면 소망을 이루기 위해 노력하고, 그렇지 못하다면 이제 그만 단념하고 더 이상 힘을 낭비하지 말고 절망적인 감정에서 벗어날 방법을 찾으라고 말일세. 친구여! 말하기는 쉽지만 실천은 그리 쉽지 않다네.

자네는 병에 걸려 서서히 죽어가고 있는 사람에게 단검을 들어 그 고통을 단번에 끝내라고 충고할 수 있는가? 그리고 그의 힘을 빼앗는 그 병은 그로부터 자유로워지고자 하는 환자의 용기마저 빼앗는 것이 아닌가?

하긴 자네는 내게 비슷한 비유를 들어 반박하겠지. 망설이다 목숨을 잃는 것보다 팔 하나를 잃는 것이 나은 것이 아니냐고. 나는 잘 모르겠네. 그리고 이런 것으로 자네와 논쟁을 벌이고 싶지도 않아. 이걸로 충분해. 아무튼 빌헬름, 가끔 자리를 박차고 어디론가 떠날 용기가 생길 때가 있다네. 만약 내가 어디로 가야 하는지 안다면 나는 망설임 없이 그리로 갈 것이라네.

<u>8월 8일 저녁</u>

나는 오늘 오랫동안 내버려두었던 일기장을 다시 펴들었다
네. 그리고 깜짝 놀라고 말았어! 그동안 나는 모든 것을 다
알고도 한 걸음 한 걸음 수렁으로 빠져 들어간 것이었네!
모든 상황이 아주 분명했음에도 나는 마치 어린아이 같기
만 했어. 지금도 역시 모든 상황이 명확한데도 그다지 나아
질 기미는 보이지 않네.

<u>8월 10일</u>

내가 바보가 아니라면 나는 아마 제일 행복한 삶을 살 수 있
을걸세. 한 인간의 영혼을 충족시키기 위해 지금의 나처럼
완벽한 조건을 가지기도 힘들 것이기 때문이지. 행복은 마
음먹기에 달렸다는 말은 맞는 말일세! 행복이 넘치는 가족
의 한 명으로 대접받으며 노인은 나를 아들처럼 대하고, 아
이들은 나를 아버지처럼 여기고 있어. 그리고 로테의 사랑!
게다가 진실한 알베르트! 그가 변덕스럽고 무례한 행동으
로 나의 행복을 망치는 일은 일어나지 않을걸세. 그는 나를
따뜻한 우정으로 감싸고 있어. 그는 내가 이 세상에서 로테
다음으로 사랑하는 사람이라네. 빌헬름, 우리가 산책을 하
며 로테에 대해 나누는 이야기를 듣는다면 정말 우스울 거

야. 세상에 우리 관계처럼 유긴 것이 있을까! 그런 걸 생각하면 나는 종종 눈물을 흘리기도 한다네.

한번은 알베르트가 훌륭했던 로테의 어머니 이야기를 해준 적이 있다네. 그녀는 죽음을 앞두고 로테에게 집안과 아이들을 부탁하고, 그에게는 로테를 부탁한다고 했어. 그 순간 이후 로테는 갑자기 다른 사람이 된 것처럼 자신이 맡은 일을 했다고 하더군. 마치 진짜 어머니가 된 것처럼 한눈도 팔지 않고 열심히 가정을 돌보면서도 늘 쾌활하고 밝게 살았다고 하더군. 나는 말하는 그의 옆을 따라 걸으며 길가에 핀 들꽃을 꺾어 조심조심 꽃다발을 만들었다네. 그리고 꽃다발을 흐르는 냇물에 던지고 꽃다발이 떠내려가는 것을 바라보았어. 내가 자네에게 이미 썼는지 모르겠지만 알베르트는 여기 계속 머물 것이라네. 그는 궁정에서 인정을 받고 있어서 아마도 수입도 좋고 지위도 높은 자리를 얻게 될 거야. 그처럼 부지런하고 성실한 사람은 나 역시 본 적이 없다네.

8월 12일

자네도 알다시피, 알베르트는 하늘 아래 가장 훌륭한 사람일세. 하지만 나는 어제 그와 예상치 못한 논쟁을 벌이게 되었어. 어제 나는 작별 인사를 하기 위해 그를 찾아갔다네. 말을 타고 산으로 여행을 갈까 했거든. 지금 이 편지도 산에서 쓰는 거라네. 그의 방을 둘러보다 보니 권총 몇 자루가 눈에 들어오더군.

"권총 좀 빌려도 될까요?" 내가 말했지. "여행 때 가지고 갈까 싶군요."

"그렇게 하시죠." 그가 대답했어. "장전은 직접 하셔야 합니다. 이 총은 다 장식용일 뿐입니다." 내가 한 자루를 집어 들자 그는 이야기를 계속했어. "예전에 조심한다고 했던 일이 오히려 큰 문제를 일으켜 그 이후로는 아예 손도 대지 않고 있습니다."

나는 무슨 일이 있었는지 호기심이 들었다네.

"예전에 시골에 있는 친구 집에서 석 달 정도 머문 적이 있습니다. 장전은 안 되어 있었지만 총 두 자루가 있어서 편안하게 잠이 들 수 있었죠. 비가 오던 어느 오후, 하는 일 없이 앉아 있던 저는 갑자기 이런 생각이 들었습니다. 언제 습격을 받을지도 모르니 총을 장전해놓아야겠다고 말이죠. 갑자기 그런 생각이 들 때가 있다는 거 이해하시겠죠? 그래서 하인에게 권총을 주면서 손질해 총알을 장전해놓으라고 했어요. 그런데 이 하인 녀석이 하녀와 시시덕거리다 그녀를 놀라게 해주려고, 세상에 맙소사, 총구에 청소 솔을 꽂은 채 위협하다가 그만 총을 쏴버린 거지요. 청소 솔이 날아가 하녀의 오른손 엄지손가락을 으스러뜨려 버렸답니다. 큰 소동이 벌어지고 저는 치료비도 전부 물어주어야 했어요, 그 일 이후로는 절대로 총을 장전해두지 않습니다 주심한다는 게 뭔지 참 웃긴 일이죠. 그렇지 않습니까, 사랑하는 친구? 위험이라는 것은 언제나 예측 불가능한 것이기는 하지만 말이죠. 그럼에도 말이죠…….”

자네도 알다시피 나는 이 사람을 아주 좋아한다네. 그놈의 ‘그럼에도 말이죠’를 빼고 말이네. 그 어떤 일반적 명제에도 예외가 있다는 것 정도는 다 아는 사실이지. 그런데도 그는 참 대단한 사람이라네. 만약 너무 성급하거나 일반적인, 혹은 불확실한 이야기를 한 것 같으면 그는 바로 이야기를 제한하고, 수정하고, 보탠다네. 그러다 보면 결국 이야기는 온데간데없어져 버리고 말아. 이번에도 역시 그는 자기 이야기에 심취했다네. 나는 결국 그의 이야기를 듣는 것은 관두고 망상에 잠겼어. 그러다 권총의 총구를 내 오른쪽 관자놀이에 겨누었다네.

“어엇!” 그가 소리치며 권총을 빼앗았어. “지금 뭐하는 겁니까?”

“장전되지 않은 총이라면서요?” 내가 말했네.

“그건 그렇지만 아무리 그래도 이게 무슨 짓입니까!” 그가 조급하게 덧붙였어. “사람이 어떻게 스스로를 총으로 쏠 만큼 어리석을 수 있는지 상상도 못 할 일입니다. 정말 그 생각만으로도 불쾌하군요!”

“당신 같은 사람들은 말이죠!” 내가 외쳤네. “무슨 이야기를 하기만 하면 '그것은 어리석다, 그것은 현명하다, 이것은 좋다, 이것은 나쁘다' 이렇게 이야기해야만 직성이 풀리죠. 왜 그렇게 전부 판단해야만 합니까? 그런 행동의 속사정을 생각해보기나 한 겁니까? 당신들은 왜 그런 일이 일어났는지, 어떤 이유로 그런 일이 일어날 수밖에 없었는지 명확하게 알기나 한 겁니까? 정말 그걸 안다면 그렇게 성급하게 판단할 수는 없겠지요."

"하지만 당신도 동의하지 않습니까?" 알베르트가 말했네. "원인이 어찌 됐든 변함없이 나쁜 행동들은 있습니다."

나는 어깨를 으쓱하며 동의했지. "그렇긴 하죠, 친애하는 친구." 나는 말을 이었어. "하지만 예외도 있어요. 도둑질이 죄악이라는 것은 분명합니다. 하지만 가족이 굶어 죽을 지경이 되어 살기 위해 도둑질한 사람은 동정을 받아야 합니까, 벌을 받아야 합니까? 부정한 아내와 비열하게 간통한 남자를 자신의 정당한 분노로 처벌한 남편에게 누가 떳떳하게 돌을 던질 수 있습니까? 억누를 수 없는 사랑의 기쁨에 취해 몸을 던진 소녀에게 누가 돌을 던질 수 있단 말입니까? 우리 법 자체도, 그리고 냉정한 학자들도 분명 이해하고 처벌을 유보할 것입니다."

"그건 전혀 다른 문제입니다." 알베르트가 반박했어. "열정에 사로잡혀 판단력을 잃어버린 사람은 술 취한 사람이나 미치광이와 다름없기 때문이죠."

"아, 당신네 이성적인 사람들이란!" 나는 웃으며 이렇게 소리치고 말았다네. "열정! 술주정! 광기! 당신들은 멀찍이 떨어져 있죠. 당신네 도덕적인 인간들은 술 취한 사람들을 비난하고, 이성을 잃은 사람들을 혐오하며, 그 옆을 성직자처럼 지나친 뒤 자신이 그들 중 하나가 아닌 것을 바리새인처럼 신에게 감사하겠죠. 나는 여러 번 술에 취해 보았고, 광기에 가까운 열정에도 사로잡혀 보았지만, 나는 전혀 후회하지 않습니다. 이미 예전부터 위대한 일이나 불가능한 일을 해낸 사람들은 주정뱅이나 미치광이 취급을 받았다는 사실을 배워 알고 있기 때문이죠. 그러나 우리 일상적인 생활에서 누군가가 자유롭고, 고상하고, 사람늘의 상식을 뒤엎는 행동을 한다면 예외 없이 이런 소리를 듣죠. '저 사람은 술에 취했군, 저 사람은 정신이 나갔군!' 부끄러운 줄 알아야 할 겁니다, 당신네 멀쩡한 사람들 말이죠! 부끄러운 줄 아십시오, 당신네 똑똑하고 현명한 사람들 말이죠!"

"그것 역시 당신의 궤변인 듯합니다." 알베르트가 말하더군. "당신은 모든 걸 너무 과장하고 있어요. 적어도 이번에는 틀렸습니다. 자살을 위대한 행위와 비교하는 것은 옳지 않아요. 그건 나약함의 표현에 지나지 않습니다. 고통스러운 삶을 살아가기보다는 죽는 편이 훨씬 자유로울 테니까요."

나는 논쟁을 끝내려 했다네. 내가 진심을 담아 이야기하는데도 상대가 아무 의미 없는 일반론만 늘어놓는 것은 정말 견딜 수가 없는 일이야. 하지만 나는 마음을 다잡았어. 그의 논리는 전에도 자주 들었고, 나는 그때마다 자주 화를 냈었다네. 그래서 이번에는 차분하지만 강한 어조로 말을 이어갔다네. "지금 나약함이라고 했습니까? 부탁하는데, 겉만 보고 판단하지 마십시오. 폭군의 폭정에 분노한 국민이 일어나 결국 그 폭정의 사슬을 끊는 것을 보고도 당신은 그것을 나약함이라고 부를 수 있습니까? 집에 불이 난 것을 보고 너무 놀라 평소에는 들 수 없었던 짐을 가볍게 번쩍 들어 올리는 사람, 참을 수 없는 모욕을 당해 여섯 명을 때려 눕힌 사람도 나약함이라고 부를 겁니까? 긴장하는 것은 강함이라고 하면서 왜 긴장과 열정이 과한 상태는 그 반대가 되는 겁니까?"

알베르트는 나를 쳐다보았네. 그리고 말을 이었지. "나쁘게는 듣지 말아요. 하지만 당신이 든 예는 이 경우에는 맞지 않아요."

"그럴 수도 있겠지요." 내가 말했네. "종종 내 비유 방식은 상황과 맞지 않다는 이야기를 듣기도 했으니 말이죠. 그러면 즐거움으로 가득 차야 할 자신의 인생을 포기하기로 결심한 사람의 기분이 어떨지 다른 방식으로 설명할 수 있는지 볼까요? 공감을 해야만 그 일에 대해 이야기할 자격을 얻는 것일 테니 말이죠." 나는 말을 계속 이어갔네. "인간의 본성은 말이죠, 한계가 있어요. 기쁨이나 슬픔, 고통을 어느 한계선까지는 버틸 수 있지만 그 한계를 넘어가면 무너지고 맙니다. 이것은 약하거나 강한 문제가 아니라 사람이 자신의 고통을 정신적으로나 육체적으로 어느 정도나 버틸 수 있는가 하는 문제란 말입니다. 내 생각에 스스로 목숨을 끊는 사람을 비겁하다고 한다면, 열병에 걸려 죽는 사람은 겁쟁이라고 불러야 할 겁니다.”

“궤변이에요! 너무 말이 심하군요!” 알베르트가 소리쳤다네.

“당신이 말한 것처럼 심하진 않아요.” 내가 덧붙였다네. “당신도 인정하겠지요. 병이 들어 신체가 쇠약해져서 기능을 제대로 발휘할 수 없게 되고, 어떠한 수를 쓰더라도 다시는 생명 활동을 되돌려 건강해질 수 없는 것을 우리는 죽을병이라고 합니다. 자, 그러면 친구, 이걸 우리의 정신에도 적용해볼까요? 자신이 살면서 얻은 인상이나 생각이 굳어져 편견 속에 사는 사람을 생각해보죠. 그런 그가 열정에 휩싸여 냉정한 이성을 잃고 만다면 그는 결국 파멸하고 말 겁니다. 불행한 그 사람에게 냉철하고, 이성적인 사람이 아무리 충고를 한다 해도 소용이 없을 겁니다! 건강한 사람이 병자의 침대 옆에 서 있어도 그 사람에게 조금의 힘을 불어넣어줄 수 없는 것처럼 말입니다.”

알베르트에게는 너무 원론적인 이야기로 들린 듯했네. 나는 얼마 전 물에 빠져 죽은 한 소녀를 떠올리고는 그에게 그 이야기를 다시 들려주었다네.

"그녀는 아주 얌전하고 착한 아가씨였죠. 집안 살림이나 하며 정해진 좁은 범위에서만 생활하고 규칙적인 일을 하며 자랐어요. 세상 물정을 잘 몰랐지요. 즐거움이라고는 하나씩 장만해둔 옷을 차려입고 또래 친구들과 일요일에 시내로 놀러 가거나 아니면 큰 축제가 열리는 날 춤을 추러 가기도 하고, 가끔 이웃 여자와 몇 시간씩 다른 사람들의 뒷소문에 대해 흉을 보거나 다툼이 벌어지면 그 원인에 대해 신이 나서 수다를 떠는 게 전부였겠지요. 그러다 그녀의 정열적인 본성이 내면의 욕망을 느끼게 되었는데, 주변 남자들의 꼬임이 그걸 더 증폭시켜 결국 이전의 즐거움들이 다 시시해져버린 겁니다. 그 남자를 만날 때까지 말입니다. 그녀는 한 남자를 만나게 되었죠. 그를 만난 아가씨는 알 수 없는 감정에 사로잡혀 참을 수 없는 유혹에 빠지게 되었고, 그에게 모든 희망을 걸었습니다. 그녀를 둘러싼 세상은 사라지고, 그녀는 그를 빼놓고는 들을 수도, 볼 수도, 느낄 수도 없이 오로지 그만 존재하게 되었지요. 그가 유일한 존재가 된 겁니다. 부질없는 허영심으로 경박한 쾌락만 쫓아본 적이 없었기 때문에 그녀는 오직 그의 아내가 되어, 그녀가 이제껏 누리지 못했던 기쁨을 누리고 행복과 자신이 영원히 하나로 이어지기를 바랐습니다. 자신의 희망을 확신시켜주는 그의 거듭된 약속과 그녀의 욕망을 자극시키는 달콤한 사랑의 애무는 그녀의 영혼을 완전히 사로잡았습니다. 그녀는 완전히 어리석음에 빠져 모든 기쁨을 미리 맛보는 듯한 기분을 느꼈고, 최고치의 행복에 잠겨 그녀가 바라던 모든 행복을 향해 팔을 뻗었죠. 그때 그녀가 사랑하던 그가 떠나버린 것입니다. 충격으로 얼어붙은 그녀는 정신을 놓아버린 채 심연과 마주했습니다. 자신을 감싸고 있는 것은 온통 어둠뿐, 어떠한 희망이나 위로는 물론이거니와 무엇을 어떻게 해야 할지 전혀 모르는 상태가 되었죠! 그녀의 전부, 그녀 존재 그 자체였던 그를 잃었기 때문이죠. 그녀는 자신 앞에 펼쳐진 넓은 세상도 보지 못하고, 그녀의 상처를 치유해줄 수 있는 다른 사람들도 보지 못했습니다. 그녀는 완전히 혼자라고 느끼고 세상에서 버려졌다고 느꼈어요. 완전히 눈이 멀어버린 그녀는 참기 어려운 고통에 신음하는 심장을 잡은 채 죽음으로 모든 괴로움을 잠재워버리려고 아래로 뛰어내리고 말았습니다. 이봐요, 알베르트, 보통 사람들은 대부분 이렇습니다! 전에 이야기했던 질병의 경우와 뭐가 다르다는 겁니까? 혼란스럽고 모순되는 것들로 가득한 미로에서 빠져나가는 길을 찾지 못하면 사람은 결국 죽을 수밖에 없습니다. 옆에서 그녀를 지켜보다 이렇게 말하는 사람도 있겠지요. '어리석은 아가씨! 시간이 지나가길 기다리다 보면 절망스러운 마음도 진정이 되고 당신을 위로해줄 다른 남자를 만날 수 있을 텐데.' 그런 사람들은 저주나 받을 거요! 그런 사람들은 이렇게 말하는 것이나 똑같은 거요! '이런 바보 같으니! 열병에나 걸려 죽다니! 조금만 기다리면 기력을 회복하고 몸도 나아져 들끓는 피도 가라앉을 텐데. 모든 것이 나아져 오늘까지 살아 있을 텐데 말이야!'"

알베르트는 그런 비교를 아직 이해하지 못한 듯했네. 몇 가지 반론을 더 제시하더군. 내가 그저 단순한 어린 소녀를 예로 들었다는 것, 그리고 편견 없이 좀 더 식견이 넓고 이해심이 있는 사람은 쉽게 잘못을 저지르지 않을 것이라는 거지.

"내 친구여!" 나는 소리쳤어. "사람은 그저 사람이라오! 이해력이 낮다든지 아니면 좀 더 있다든지 하는 것은 상관이 없어요. 격정에 사로잡혀 한계에 이르게 되면 그런 것은 전혀 문제가 되지 않는 것이오. 오히려…… 아, 나중에 이야기합시다."

이렇게 이야기하고 나는 내 모자를 집어 들었다네. 아, 마음이 정말 답답했어. 우리는 그렇게 결국 서로를 이해하지 못하고 헤어졌어. 서로를 이해한다는 일은 얼마나 쉽지 않은 것인지.

8월 15일

확실한 것은 이 세상에 사랑처럼 인간에게 필요 부가결한

것은 없다는 거야. 나는 로테의 태도에서 로테가 나를 잃고
싶어하지 않는 것을 느낀다네. 아이들도 당연히 내가 매일
아침 다시 오는 것으로 생각하고 있어. 오늘 나는 로테의 피
아노를 조율하러 갔지만 아이들이 따라다니며 동화를 읽어
달라고 졸라서 결국 하지 못했다네. 로테 역시 아이들이 원
하는 걸 해주라고 하더군. 나는 아이들에게 저녁 간식 빵을
잘라 주었고, 아이들은 로테가 주는 것처럼 잘 받아먹었어.
그리고 나는 아이들에게 수많은 손이 시중을 들어주는 공
주 이야기*를 들려주었어. 그러면서 나 역시 많은 걸 배운다
네. 정말일세. 아이들이 내 이야기에 감동을 받는 것을 보고
나는 놀랐다네. 전에 해주었던 이야기를 다시 해야 할 때 내
가 세세한 부분을 잊어 다르게 이야기를 해주면 아이들은
금방 무엇이 달라졌는지 알아챈다네. 그래서 요즘은 이야
기를 잊지 않도록 노래 가사를 외우듯이 암송하면서 연습
하고 있어. 나는 여기에서 배운 사실이 있다네. 작가가 자신
의 작품을 수정해서 개정판을 내면, 문학적으로는 나아졌
더라도 그의 작품에는 어느 정도 손상이 갈 수밖에 없다는
사실을 말이지. 첫인상은 우리에게 아주 강렬한 것이지. 인
간은 모험적인 것에 귀가 솔깃한 존재이긴 하지만, 그만큼

* 　프랑스의 동화. 동화에서 공주는 붙잡혀서 갇혀 지내며, 천장에서 내려오는 손의 식사
시중을 받는다.

첫인상도 빨리 자리를 잡는 것이지. 그러니 그것을 없애거나 지우려는 사람은 아마 후회할 것일세!

8월 18일

인간의 행복을 만들어주는 것이 어째서 하필이면 고통의 원인이 되어야만 하는가?

생동하는 자연을 느끼는 내 마음은 충만함과 따뜻함을 느끼게 해주고, 나를 기쁨에 잠기게 해주었어. 나를 둘러싼 세계를 낙원으로 만들어주었지. 그랬던 마음이 지금은 나에게 견딜 수 없는 괴로움과 고통 받는 악령이 되어 어디든 내 뒤를 쫓아다니고 있다네. 예전에 나는 큰 바위에서 시작하여 강 너머 언덕까지 뻗어 있는 풍요로운 계곡을 내려다보고, 내 주변을 둘러싼 자연이 싹트고 샘솟는 것을 바라보았어. 키가 큰 나무들로 울창하게 뒤덮인 산과 아름다운 숲으로 굽이치는 골짜기, 갈대밭 사이로 빛나게 흐르는 시냇물과 부드러운 저녁 바람이 흩어놓은 사랑스러운 구름을 보았지. 숲속의 새들이 지저귀는 소리를 들을 때면, 모기 떼는 저물어가는 붉은 노을 속에서 부지런히 춤을 추고, 마지막 햇살 속에서 딱정벌레들은 풀숲 사이를 자유롭게 날아다녔어. 사방에서 윙윙거리며 분주하게 움직이는 소리에 놀라 바닥을 보면 내가 서 있는 단단한 바위에 붙어 양분을 빨아들이는 이끼와 마른 모래언덕 아래까지 자란 긴 풀은 내게 활짝 열린 자연의 내밀하고 빛나며 성스러운 삶을 보여주었어. 그럴 때마다 내 따뜻한 심장은 그 모든 것을 가득 안고, 흘러넘치는 풍족함은 나를 신처럼 느끼게 해주었다네. 끝없는 세상의 위대한 형상들은 내 영혼 속에서 활기차게 요동쳤지. 거대한 산들이 나를 둘러싸고, 절벽 위에 올라선 내 아래로 자리한 깊은 호수와 그 아래로 흐르는 강물, 숲과 산속에는 메아리가 퍼졌어. 나는 근원을 알 수 없는 힘들이 땅 깊숙한 곳에서 생명을 창조하고 길러내는 것을 보았네. 그런 수많은 창조물이 바로 이 땅 위와 하늘 아래 가득한 것이지. 모든 곳에, 수많은 생명이 모여 살고 있는 것이라네. 그러나 인간은 겨우 작은 집에 안전하게 모여 살면서 이 넓은 세상을 이성으로 지배하고 있다고 착각하다니! 어리석은 바보들! 스스로가 너무 작은 존재이다 보니 모든 것이 하찮은 것인 줄 아는 꼴이라니. 영원한 조물주의 영혼은 누구도 가본 적 없는 험한 산악지대부터 황야를 거쳐 미지의 대양 끝에 이르기까지 그 어디에나 존재하며, 그를 받아들이고 살아가는 모든 티끌마저 다 반겨준다네. 아, 그때 나는 얼마나 자주 내 머리 위로 날아가는 학의 날개를 달고 그 깊이를 알 수 없는 바다 건너로 가고 싶었는지. 그래서 영원하신 분의 거품 가득한 잔에 담긴 생동하는 생명의 기쁨을 마시고, 짧은 순간일지라도 모든 생명을 내면에서 스스로 창조해내는 존재의 행복감을 한 방울이라도 내 가슴속에 담고 싶었다네.

친구여, 그 시절을 추억하는 것으로도 내 가슴은 충만해지네. 말로 표현하지 못하는 그 기쁨들을 다시 되새기고 이야기하는 것만으로도 내 영혼은 다시 활기로 가득 차. 그렇기 때문에 지금 내가 처한 상황의 불행이 더 크고 절박하게 느껴지는 것도 사실이라네.

내 영혼 앞에 있던 장막이 걷히고 무한한 생명의 무대가 영원히 입을 벌린 무덤의 심연으로 돌변하고 말았다네. 모든 것이 사라지는데도 자네는 그것이 존재한다고 말할 수 있겠는가? 모든 것이 변화무쌍한 날씨처럼 바뀌어가더라도, 폭풍에 휩쓸리고 물에 가라앉고 바위에 부딪혀 산산조각이 나더라도 온 힘을 다해 그가 존재한다고 할 수 있겠는가? 그건 매 순간 자네와 주변 사람들의 기력을 빼앗고, 자네 스스로를 파괴자로 만들 수밖에 없게 한다네. 가장 가벼운 산책마저 수없이 많은 벌레들의 생명을 빼앗고, 우리 발길 하나에 공들여 지은 개미집이 무너져 그 작은 세계를 비참한 무덤으로 만들어버리는 것이지. 하! 가끔 일어나는 세상의 큰 재앙, 마을을 휩쓸어버리는 홍수, 도시를 삼켜버리는 지진은 나를 흔들지 못한다네. 내 마음은 자연 곳곳에 숨어 있는 힘에 흔들리는 것이지. 그 힘이 만들어내는 것은 이웃과 자기 자신을 파괴한다네. 그래서 나는 하늘과 땅 그리고 그들이 빚어내는 힘에 둘러싸인 채 불안에 떨고 있어. 나는 여기서 삼키고 되새김질을 영원히 반복하는 괴물을 보고 있다네.

8월 21일

아침마다 악몽에서 깨어나면 나는 헛되게도 그녀를 향해 팔을 뻗어보네. 풀밭 위 그녀의 곁에 앉아 그녀의 손에 키스를 퍼붓는 행복한 꿈에 속고 난 다음이면 나는 밤마다 침대에서 그녀를 찾아 헤매곤 하지. 아, 그렇게 반쯤 잠이 덜 깬 상태로 그녀를 찾기 위해 침대를 더듬다가 정신이 들면, 억눌려 있던 가슴에서는 눈물이 쏟아져 나온다네. 나는 어두운 미래를 대면하고 절망적으로 흐느꼈다네.

8월 22일

불행히도, 빌헬름, 활동적이던 나는 불안정하고 게을러졌어. 무작정 빈둥거린다고 말할 수는 없지만, 그렇다고 무슨 일을 열심히 하는 것도 아니네. 상상력도 남아 있지 않고, 자연을 보아도 별다른 느낌을 받지 않아. 책도 나를 거부한다네. 우리가 스스로를 잃어버린다면 그건 모든 것을 잃는 것이겠지. 자네에게 맹세하건데 나는 가끔 날품팔이가 되었으면 하는 생각을 한다네. 아침에 눈을 뜨면 오직 그날에 대한 기대와 희망만을 가질 수 있게 말이지. 나는 종종 일에 파묻혀 사는 알베르트가 부러워. 내가 그였다면 얼마나 좋을까 생각하기도 한다네. 몇 번이나 공직 자리를 알아보려고 자네와 장관에게 편지를 보낼까 생각도 했어. 아마도 자네는 나의 부탁을 들어주겠지. 오래전부터 나를 아끼는 장관이 공직 일을 해보라고 권하기도 했다네. 때때로 그 문제를 진지하게 생각할 때도 있어. 하지만 자신의 자유를 견디지 못하고 몸에 안장과 굴레를 채우게 했다가 죽도록 달리고 혹사당해 쓰러진 말에 대한 우화가 다시 떠올라 생각을 바꾸었지. 나는 도대체 어떻게 해야 할지 도저히 모르겠네. 친구! 혹시 변화를 추구하고 있는 나의 마음은 아마도 조급함이 아닐까? 어디든 나를 따라다니는 초조함이 아니겠나.

8월 28일

내 병을 고쳐야만 한다면 이 사람들만 할 수 있겠지. 오늘은 내 생일이라네. 아침 일찍 알베르트에게서 선물이 왔어. 상자를 열자 분홍색 리본이 바로 눈에 들어오더군. 그 리본은 내가 처음 로테를 만났을 때 그녀가 옷에 달고 있던 거야. 나는 몇 번이고 그 리본을 청했었다네. 그리고 작은 문고판 책 두 권이 있었는데, 베트슈타인판 호메로스로 전부터 내가 갖고 싶었던 책이야. 산책할 때마다 가지고 다녔던 에르

네스티란 호네도스는 기추 강스러워있거든. 보게! 그들은 이미 내가 원하는 것을 알고 작지만 내 마음에 꼭 드는 것을 찾아내 우정의 선물을 해주었네. 주는 사람의 허영심을 담아 받는 사람을 주눅 들게 하는 빛나는 선물보다 천 배나 값진 것이지. 나는 그 리본에 키스를 퍼붓고 숨 쉬는 순간마다 기쁨으로 가득했던, 다시는 돌아오지 않을 그날을 추억했다네. 빌헬름, 그저 그렇다는 것이지 내가 불평을 하는 것은 아니네. 인생의 개화도 그저 망상인 것을! 얼마나 많은 꽃이 피었다가 흔적도 없이 사라지고, 얼마나 적은 수의 꽃만이 열매를 맺는가. 그리고 그중 얼마나 적은 열매만이 잘 익어가겠나! 하지만 그렇게 익은 열매만으로도 이 세상은 충분하지. 그렇지만 말일세, 친구! 그 무르익은 열매들을 어떻게 지나치고 무시하며 먹지도 않고 썩어가게 내버려둘 수 있겠는가?

잘 지내게! 아주 멋진 여름이야. 나는 종종 로테의 과수원에서 과일나무 위에 앉아 기다란 작대기로 꼭대기에 열린 배를 따곤 한다네. 로테는 나무 아래에 서 있다가 내가 떨어뜨리는 배를 받아 든다네.

8월 30일

불행한 인간! 이래도 나는 바보가 아닌가? 왜 스스로를 속

이려 하는 것이지? 끝날 줄 모르고 날뛰는 이 열정을 대체 어쩌면 좋단 말인가? 나는 로테에 대한 기도 외에는 아무것도 할 수가 없어. 내 머릿속에는 그녀의 모습밖에 떠오르지 않고, 나를 둘러싼 세상 모든 것을 그녀와 연관 지어서만 바라본다네. 그러면 잠시나마 행복한 시간을 보낼 수 있어. 내가 그녀에게서 벗어나야만 하는 시간까지만이라도! 아, 빌헬름! 내 마음이 나를 자꾸 밀어붙이고 있네! 두 시간이고, 세 시간이고 그녀 옆에 앉아 그녀의 모습과 그녀의 행동과 그녀의 우아한 말솜씨에 매료되어 있으면 점점 내 모든 감각이 팽팽하게 긴장되면서 눈앞이 흐릿해지고 귀가 점점 들리지 않게 된다네. 마치 살인자가 목을 움켜쥐고 있는 것 같아. 심장은 억눌린 긴장을 풀어주기 위해 더 세차게 뛰기 시작하지만, 그럴수록 혼란은 더 심해져만 간다네. 빌헬름, 나는 가끔 내가 이 세상에 있는 건지조차 잘 모르겠어! 종종 견디기 어려운 슬픔에 잠겨 그녀가 자신의 손을 붙잡고 답답한 마음을 토해내라는 비참한 위로를 허락하지 않으면 나는 견디지 못하고 뛰쳐나올 수밖에 없다네. 나는 뛰쳐나와 넓은 들판을 이리저리 헤매고 가파른 산을 기어올라 무성한 숲속을 헤치며 앞으로 나아가다 덤불에 베여 상처를 입고 가시에 찔리곤 하는데, 그것이 내 유일한 기쁨이라네. 그러면 기분이 좀 나아지거든! 약간이라도 말일세! 그러다 때로는 피로와 갈증으로 길에 드러눕기도 하고, 때로는 보름달이 높이 뜬 깊은 밤 고즈넉한 숲속 구부러진 나무 등걸에 기대앉아 상처 입은 발을 잠시 쉬게 하는데, 그럴 때면 지치고 긴장이 풀린 나는 여명이 밝아올 무렵 잠이 들어버리기도 한다네. 오, 빌헬름! 외로운 집의 독방, 거친 의복과 가시덤불로 만든 허리띠가 내 영혼이 갈망하는 위로일세. 잘 있게! 이 비참함의 끝은 결국 무덤뿐인 것 같네.

9월 3일

여기를 떠나야겠어! 빌헬름, 흔들리는 내 결심을 단단히 잡아주어 고맙네. 이미 2주 전부터 나는 그녀를 떠나야겠나고 생각하고 있었어. 나는 떠나야 해. 로테는 다시 시내에 있는 친구의 집에 갔다네. 그리고 알베르트는……. 그래, 나는 떠나야겠어!

9월 10일

그때는 밤이었다네! 빌헬름! 나는 이제 모든 것을 이겨낼 수 있어. 나는 다시는 그녀를 보지 않을 것이네! 아, 자네의 목에 매달려 실컷 눈물을 흘리고 내 심장을 뒤흔드는 이 모든 것을 다 털어놓을 수만 있다면 얼마나 좋을까. 나는 지금 여기에 앉아 숨을 들이마시고 마음을 진정시키려 애쓰며 아침을 기다리고 있어. 해가 떠오르면 바로 말이 준비될 것이라네.

아, 그녀는 지금 고요하게 잠들어 있을 거야. 나를 다시는 보지 못하게 될 줄은 상상도 못 하겠지. 나는 두 시간 동안 대화를 나누면서도 내 계획을 절대 말하지 않기로 굳게 결심했기 때문에 아무 말도 없이 억지로 그곳을 떠나왔다네. 오, 신이시여, 그날의 대화는 얼마나 좋았던가!

알베르트는 저녁 식사를 마치고 바로 로테와 함께 정원으로 나오겠다고 나에게 약속했다네. 나는 키가 큰 밤나무 아래 테라스에 서서 고요하게 흐르는 강 너머로 서서히 해가 지는 풍경을 바라보고 있었어. 내가 마지막으로 보는 풍경이었지. 나는 그녀와 함께 이곳에 서서 종종 이 멋진 장면을 함께 바라보고는 했었다네. 하지만 이제는……. 나는 내가 좋아했던 길을 걷고 있었지. 이 길은 내가 로테를 알게 되기 전부터 알 수 없는 신비한 힘으로 나를 이끌었던 곳이야. 로테를 안 지 얼마 되지 않을 때 둘 다 이곳을 좋아한다는 사실을 알고 우리는 얼마나 기뻐했는지. 그곳은 이제까지 내가 본 그 어떤 곳보다 낭만적인 곳이라네.

그곳은 밤나무들 사이로 전망이 탁 트인 곳이라네. 아, 그러고 보니 내가 이미 여러 번 편지에 썼던 적이 있군. 키 큰 밤나무가 병풍처럼 주위를 에워싸고, 이웃한 작은 숲이 가로수 길을 어둡게 만들어 그곳은 사방이 막힌 작은 광장처럼 되는데, 그곳에 들어서면 오싹한 외로움을 느끼게 되지. 나는 아직도 그곳에 처음 발을 들여놓은 어느 환한 대낮에 내 마음이 얼마나 고요해졌는지를 기억하고 있다네. 아마도 나는 어렴풋이, 그곳이 나에게 기쁨과 고통의 무대가 될 것을 예감했던 것 같아.

30분 정도 내가 이별과 재회의 괴롭고도 감미로운 생각에 잠겨 있을 무렵 그들이 테라스를 올라오는 소리가 들렸어. 나는 그들에게 달려가 약간의 전율을 느끼며 그녀의 손등에 키스를 했어. 우리가 테라스로 올라섰을 때 달이 우거진 언덕 너머로 떠오르고 있었어. 우리는 이런저런 이야기를 나누며 어둠에 잠긴 정자 근처로 갔지. 로테가 먼저 안으로 들어가 자리에 앉았고 알베르트와 내가 그녀 양옆에 앉았어. 하지만 나는 마음이 진정되지 않아 오래 앉아 있을 수가 없었지. 자리에서 일어난 나는 그녀 앞쪽에서 이쪽저쪽으로 걷다가 다시 자리에 앉았다네. 정말 초조한 시간이었어. 로테는 달빛의 아름다움으로 우리의 관심을 돌렸다네. 밤나무 가지 끝에 매달린 달빛은 테라스 앞을 환하게 비추고 있었어. 우리 주변은 깊은 어둠에 둘러싸여 있었기 때문에 그 풍경은 더욱더 우리에게 강한 인상을 주었다네. 우리는 한동안 말이 없었어. 한참 후에 그녀가 입을 열었지.

"달빛 속을 산책할 때면 언제나 돌아가신 분들이 떠올라요. 언제나요. 죽음에 대한 생각이나 내세에 대해서도 생각하게 되죠. 우리도 언젠가 죽게 되겠지요!" 그녀는 감정이 가득 찬 목소리로 계속 말을 이어나갔어. "하지만 베르테르, 우리는 서로를 찾게 될까요? 다시 알아볼 수 있을까요? 어떻게 생각하시나요? 한번 이야기해 보세요."

"로테." 나는 그녀에게 손을 내밀며 말했어. 내 눈가에는 눈물이 가득 고였어. "우리는 다시 만날 겁니다! 여기서나 거기에서나 다시 만날 거예요!"

나는 더 이상 말을 하지 못했어. 빌헬름, 하필 내가 이런 고통스러운 이별을 가슴에 품고 있을 때 왜 그녀는 이런 질문을 하는 것이란 말인가!

"그러면 우리가 사랑했던 분들은 우리가 어떻게 지내는 지 알 수 있을까요?" 그녀가 말을 이었다네. "우리가 잘 지내고 있는 걸 느낄 수 있을까요? 우리가 따스한 사랑으로 그분들을 기억하고 있는 것을 알까요? 오! 어머니의 모습은 늘 제 곁을 맴돌고 있답니다. 고요한 밤에 어머니의 아이들, 아니 나의 아이들과 함께 앉아 있을 때, 예전에 어머니 주위로 아이들이 모여들었던 것처럼 아이들이 제 주위로 모여들어 있을 때면 말이죠. 그러면 저는 그리움의 눈물을 흘리고 하늘을 바라보며 소원을 빌어요. 아주 잠시만이라도 눈앞에 나타나 달라고요. 그래서 제가 어머니가 돌아가실 때 맹세한, 아이들의 엄마 노릇을 하겠다는 다짐을 얼마나 잘 지키고 있는지를 보아주었으면 해요. 저는 벅찬 가

숨으로 이렇게 외쳐요. 어머니! 제가 만약 어머니가 아이들에게 했던 것처럼 하지 못한다면 제발 저를 용서해주세요! 아! 저는 할 수 있는 최선을 다하고 있어요. 입히고, 먹이고 그 무엇보다 보살피고 또 사랑해주었어요. 하늘에서 행복한 우리의 모습을 보실 수 있나요? 당신께서는 숨을 거두면서 쓰디쓴 눈물을 흘리며 아이들의 행복을 위해 신께 기도하셨지만 이제는 분명히 신께 뜨거운 감사의 기도를 하시게 될 거예요.”

그녀는 그렇게 말했다네! 오, 빌헬름. 그녀가 한 말을 누가 그렇게 되풀이할 수 있겠는가! 차갑게 죽어 있는 문자가 어떻게 그토록 성스러운 정신의 꽃봉오리를 표현할 수 있겠는가! 알베르트가 부드럽게 로테의 이야기를 막았다네.

“지나치면 건강에 좋지 않아요, 사랑하는 로테! 당신의 영혼이 그런 쪽으로 치우쳐 생각할 수 있다는 건 알지만 제발 부탁이오.”

“오, 알베르트.” 그녀가 말했지. “당신도 그날 밤을 잊지 않고 있는 것을 나는 알아요. 아버지는 여행을 떠나시고, 아이들을 모두 재운 다음 우리가 작고 둥근 탁자에 둘러앉아 있던 그때를 말이지요. 당신은 자주 좋은 책을 들고 오긴 했지만 거의 책을 읽을 수는 없었지요. 어머니의 훌륭한 영혼과 함께하는 것보다 좋은 것은 없다고 여겼기 때문이죠? 어머니는 아름답고 다정하고 쾌활했으며, 언제나 활기찬 분이셨어요! 신이라면 내가 잠자리에 들기 전 언제나 무릎을 꿇고 어머니처럼 되게 해달라고 기도하며 흘리는 눈물의 의미를 아실 거예요.”

“로테!” 나는 그녀의 발아래 무릎을 꿇고 그녀의 손을 잡은 채 눈물을 쏟으며 외쳤다네. “로테! 신의 은총과 어머니의 영혼이 항상 당신과 함께할 거예요!”

“당신이 제 어머니를 아셨다면.” 그녀는 내 손을 잡으며 말했어. “어머니는 당신을 만나보시기에 손색이 없을 만큼 훌륭한 분이셨답니다.”

나는 정신을 잃을 것만 같았다네. 이보다 훌륭하고 자랑스럽게 이야기하는 것을 한 번도 들어본 적이 없다네. 그녀는 계속 말을 이어갔지.

“어머니는 아직 한창인 나이에 돌아가셨어요. 막내가 태어난지 육 개월도 안 되었을 때였어요! 병을 오래 앓지도 않으셨어요. 그녀는 조용히 운명에 순응했어요. 오로지 아이들 때문에 마음 아파하셨죠. 특히 막내 때문예요. 마지막이 다가오자 어머니는 제게 말씀하셨죠. ‘아이들을 데려오렴.’ 아이들을 데려왔을 때 아직 어린 아이들은 아무것도 몰랐고, 조금 큰 아이들은 넋이 나가버린 상태였죠. 우리가 침대 주위를 둘러싸자 어머니는 두 손을 모아 아이들의 머리 위에 기도를 하고 모두에게 키스를 한 뒤 전부 내보냈죠. 그리고 제게 말씀하셨어요. ‘얘야, 네가 저 아이들의 어머니가 되어다오!' 저는 어머니에게 손을 내밀었어요. '너에게 너무 큰 짐을 지우는구나, 내 딸아.' 어머니가 말씀하셨어요. '어머니의 심장과 어머니의 눈을 가져야 한단다. 네가 종종 감사의 눈물을 흘리는 것을 보았단다. 그것이 무엇인지 너는 느끼고 있겠지. 그런 마음으로 형제들을 대하고, 아내와 같은 정성과 순종으로 아버지를 보살펴드리렴. 그분을 잘 위로해드려야 한단다.' 그리고 어머니는 아버지를 찾으셨어요. 아버지는 견딜 수 없는 고통을 숨기기 위해 밖에 나가 계셨어요. 아마 누구보다 가슴이 아프셨을 거예요. 알베르트, 당신은 그때 저와 함께 계셨죠. 어머니는 발소리를 듣고 누구냐고 물으시더니 당신을 옆으로 부르셨어요. 어머니는 당신과 나를, 신뢰가 가득한 편안한 눈빛으로 우리를 번갈아 보셨어요. 그건 우리가 함께 행복할 것이라는 걸 아시는 눈빛이었죠."

알베르트는 그녀의 목을 껴안고 키스를 하며 외쳤어. "우리는 함께요! 우리는 행복할 것이오!" 침착하던 알베르트도 자제심을 잃고 나 역시 어떻게 해야 할지 모르겠더군.

"베르테르" 그녀가 말을 시작했어. "그런 분을 우리는 잃었답니다! 신이시여! 가장 사랑하는 사람을 인생에서 빼앗긴다는 것을 자식들만큼 사무치게 느끼는 사람은 없을 거예요. 한동안 아이들은 검은 옷을 입은 남자들이 어머니를 데려갔다고 슬퍼했답니다."

그녀는 자리에서 일어섰어. 나는 그제야 정신이 들었어. 하지만 마음 깊이 감동을 받은 나머지 그녀의 손을 잡은 채 자리에 앉아 있었다네.

"이제 가봐야겠어요." 그녀가 말했어. "시간이 너무 늦었어요." 그녀는 내게서 손을 빼내려고 했지만 나는 손을 더 세게 잡았어.

"우리는 다시 만날 거예요." 내가 소리쳤어. "우리는 다시 만날 거예요. 어떤 모습이든 우리는 서로를 알아볼 겁니다. 나는 그만 가겠습니다." 나는 계속 말을 이어갔다네. "나는 기쁘게 가겠습니다. 하지만 영원히라고 생각하면 견딜 수가 없군요. 잘 지내요, 로테! 잘 지내요, 알베르트! 우리는 다시 만날 거예요."

"아마도 내일 아침에 말이죠." 로테가 농담하듯 덧붙였어. 그 내일이라니! 아, 그녀는 나에게서 손을 빼내는 순간에도 전혀 모르고 있었다네.

그들은 길을 따라 걸어갔고 나는 그 자리에 서서 달빛 속으로 멀어져가는 모습을 조용히 지켜보았지. 그리고 테라스 바닥에 몸을 내던지고 목 놓아 울었다네. 그러다 벌떡 일어나 테라스로 달려 올라갔어. 그 아래 키 큰 보리수나무 그늘 아래로 로테의 하얀 옷자락이 반짝이며 정원 문 쪽으로 향하는 것이 보였지. 나는 두 팔을 그녀를 향해 뻗어 보았지만 그녀는 금방 사라져버렸다네.

제2부

<u>1771년 10월 20일</u>

우리는 어제 이곳에 도착했네. 대사는 몸이 좋지 않아 며칠 동안 집에 머물러 있어야 한다네. 그가 그렇게 어리석은 사람만 아니라면 모든 것이 다 좋을 텐데 말이지. 나는 깨달았다네. 내 운명은 언제나 나를 가혹하게 시험한다는 것을 말이지. 그래도 용기를 내야겠지! 마음먹기에 따라 다른 것이니 말일세!

마음먹기에 따라서라고? 내 펜에서 이런 말까지 나오게 하다니 정말 우습기 짝이 없군. 내 성격이 조금 더 밝았더라면 나는 하늘 아래 가장 행복한 사람이 되었을걸세. 이게 대체 다 뭔지! 다른 이들은 하찮은 능력과 재주를 가지고도 잘난 척하며 으스대는데, 왜 나는 내 능력과 재능에 대해 절망해야만 하지? 자비로운 신이시여, 저에게 주신 것 중 절반을 거두어 가시고 대신 자신감과 만족감을 주시지 그러셨습니까?

참자! 참아야 해! 그러면 나아지겠지. 사랑하는 친구여, 자네에게 고백하네만 자네 말이 맞았어. 매일 사람들 사이에 섞여 다니고 부딪히며 그들의 행동거지를 보다 보니 나도 이제는 <u>스스로를 훨씬 나은 사람으로 생각할 수 있게 되</u>었어. 우리 인간은 모든 것을 자신과 비교하고, 또 자신을 다른 것들과 비교하도록 만들어진 존재인 모양일세. 그러니 행복이나 불행도 우리와 우리가 비교하는 것에 달려 있는 것이라네. 그러면 외로움처럼 위험한 것은 또 없겠지. 우리의 상상력이라는 것은 원래 높은 곳으로 올라가려는 본성을 가지고 있어서 문학 작품에서 나온 환상적인 비유와 이미지로부터 양분을 취하는 게 사실이라네. 그래서 우리는 그 존재들 중 인간을 가장 저급한 존재로 보고, 인간을 제외한 다른 모든 것은 더없이 훌륭하고 완벽하게 보는 경향이 있지. 우리는 스스로 부족한 것이 많다고 느끼고, 우리에게 없다고 느끼는 것을 다른 사람이 가지고 있다고 생각해. 그리고 우리는 그에게 우리가 가진 나머지 모두를 줘버리고 어떤 이상적인 삶의 만족감마저 부여한 느낌을 받는 것이지. 이렇게 가장 행복한 사람이 완성되는 것이지만 그 존재는 우리 스스로가 만든 것이라네.

반면에 우리가 아무리 약하고 힘든 일에 시달린다 하더라도 일에 집중해 오직 앞으로만 나아간다면, 우리의 걸음이 아무리 느리고 이리저리 비틀대며 어슬렁거린다 할지라도 돛을 달고 노를 저어가는 다른 사람보다 멀리 나아갈 수 있다는 것을 깨닫게 된다네. 그렇게 해서 다른 사람들과 동등해지거나 그들보다 앞서 나아가 비로소 진정한 자신감과 존재감을 가지게 된다네.

<u>11월 26일</u>

나는 이제 여기가 그럭저럭 편안하게 느껴지기 시작했다
네. 여기서 가장 마음에 드는 일은 할 일이 많다는 것이지.
뿐만 아니라 가지각색의 다양한 사람들이 내 영혼에 다채
로운 광경을 보여주고 있어.

  나는 여기서 C백작을 알게 되었는데, 참 너그럽고 훌륭
한 분이어서 시간이 갈수록 존경하지 않을 수 없는 분이라
네. 그분은 넓고 깊은 학식을 가지고 있는 분이지만 그럼에
도 냉정하지 않으신 분이야. 왜냐면 그분은 이미 많은 것을
꿰뚫어보고 계시기 때문이지. 그분은 우정과 사랑에 대한
아주 풍부한 감정을 가지고 있는 분이야. 내가 일 때문에 그
분을 찾아갔을 때 그분은 나한테 관심을 보였다네. 처음 몇
마디 나누기도 전에 우리가 서로를 잘 이해하고, 다른 사람
들에게는 하지 못하는 이야기를 할 수 있는 사람이라는 것
을 느꼈기 때문일세. 그분이 얼마나 편견 없이 나에게 마음
을 열었는지는 여기서 다 말할 수가 없을 정도라네. 나에게
자신을 열어 보인 위대한 영혼을 마주하는 것보다 더 진실
하고 따뜻한 기쁨은 이 세상에 없을 거야.

<u>12월 24일</u>

그런 사람이라고 짐작은 하고 있었지만 대사는 아주 불쾌한 사람일세. 그는 내가 이제껏 본 사람 중 가장 고지식하고 꽉 막힌 사람이라네. 게다가 격식은 얼마나 따져대는지. 잔소리가 아주 끝이 없다네. 그는 절대로 스스로 만족하지 못하는 인간이지. 그런 인간이 다른 사람에게 고맙다는 말을 할 리가 있겠나. 나는 일을 재빨리 처리하고, 한번 끝낸 일은 다시 보지 않는다네. 그러나 대사는 내가 처리한 문서를 이런 말을 하며 다시 돌려보낸다네. "이것도 괜찮네. 하지만 한 번 더 읽어보고 더 나은 문구나 더 좋은 표현을 생각해보게." 그건 정말 나를 화나게 한다네. '그리고' 같은 말이 빠져도 안 되며, 접속사가 생략되어서도 안 되고, 내가 좋아하는 문장의 도치법도 그는 못마땅하게 여겨. 그럴 때면 그가 죽도록 밉다네. 복잡한 문장을 전통적인 어법에 맞추어 쓰지 않으면 하나도 이해하지 못해. 그런 사람을 상대해야 하다니 정말 고통스러운 일이 아닐 수 없네.

그나마 C백작이 나를 신뢰하고 있다는 점이 유일한 보상과 위로가 되어주고 있다네. 그는 최근에 대사가 일을 너무 느리게 하고 지나치게 꼼꼼해서 마음에 들지 않는다고 아주 솔직하게 불만을 이야기했다네. 그리고 그런 사람들은 자기 자신과 다른 사람들까지 괴롭게 하고 결국 일을 망치고 만다고 말이야. "하지만 말이네." 그가 이야기했어. "그건 산을 꼭 넘어야 하는 여행자처럼 견뎌야만 하는 일이라네. 물론 산이 거기 없다면 훨씬 편하고 빠르게 길을 갈 수 있겠지만, 어쨌든 산이 거기 있지 않나. 그러니 넘어야 할 수밖에!"

그 늙은 대사도 백작이 자신보다 나를 더 신뢰한다는 사실을 알아차렸다네. 그리고 그건 그를 화나게 했어. 대사는 기회가 있을 때마다 백작 험담을 하고, 그러면 나는 당연히 그 말에 반박을 한다네. 그러다 보니 상황은 점점 나빠지고 있네. 어제도 대사가 하는 말에 나는 정말 화가 났다네. 백작은 세상 돌아가는 것도 잘 알고 일도 쉽게 처리하며 글도 잘 쓰지만, 모든 문장가가 그렇듯 기본적인 학식은 부족하다고 하지 뭔가. 그러면서 대사는 나에게도 이런 말을 하고 싶은 표정이었다네. '자네도 뜨끔했지?' 하지만 그런 표정 따위는 나에게 아무 자극도 되지 않았어. 나는 그렇게 생각하고 행동하는 인간들을 경멸한다네. 나는 조금도 물러서지 않고 강하게 되받아쳤지. 나는 백작이야말로 인격으로나 거기에 버금가는 학식으로도 모든 사람들의 존경을 얻어야 하는 분이라고 말이야.

"저는 말이죠, 그분처럼 넓은 정신을 가지고, 그것을 모든 사물에 확대시켜 공공 생활을 위한 일상생활에서도 잘 적용하고 있는 분을 이제껏 본 적이 없습니다."

하지만 그 어리석은 인간이 이 말을 들을 리가 없지. 나는 계속 말싸움을 하다가 더 기분만 나빠질 것 같아 슬며시 그 자리를 피해버렸다네.

이건 전부 자네들 책임이야. 자네들이 나에게 이 굴레를 씌우며 바쁘게 활동을 하며 살아야 한다고 꼬드겼지 않았나. 활동 말이지! 하지만 수레에 감자를 싣고 시내로 나가 자신의 곡식을 내다 파는 일이 나보다 훨씬 더 나은 활동을 하는 것일 듯싶네. 그게 아니라면 내 이 노예선에 묶여서 앞으로 10년 동안 뼈가 부서져라 일을 하겠네.

곁눈으로 서로를 살피는 겉만 번지르르한 인간들의 추잡함과 그 지루함이라니! 출세에 대한 욕망에 사로잡혀 남보다 한 발짝이라도 앞서기 위해 혈안이 되어 서로를 노려보는 그 모습들이라니! 처참하고 가증스럽기 그지없는 그 집착들! 한 여인을 예로 들어보겠네. 그녀는 만나는 사람마다 자신이 귀족이라고 내세우고 영지 자랑을 늘어놓는다네. 그래서 잘 모르는 사람들은 그 이야기를 듣고 왜 저렇게 별 볼 일 없는 가문이나 영지에 관한 이야기를 떠벌리는지 그녀를 어리석다고 비웃는다네. 그런데 더 어이가 없는 일은, 그녀가 사실은 이 근처에 사는 어느 관청 서기의 딸일 뿐이라는 것이지. 보게나. 나는 스스로를 웃음거리로 만들어놓고도 부끄러운 줄도 모르는 지각 없는 인간 족속들을 도저히 이해할 수가 없어.

아무튼 친구, 나는 매일 본인의 기준으로 다른 사람을 평가하는 것이 얼마나 어리석은 짓인지 절실하게 깨닫고 있다네. 지금 나는 매일 처리해야 하는 일도 너무 많고 마음도 너무 심란해. 다른 사람들이 나를 그냥 내버려둔다면 나도 그들이 그들의 길을 가도록 그냥 두고 싶네.

무엇보다 나를 짜증나게 하는 것은 바로 숙명적인 신분 관계라네. 물론 나도 어느 정도는 계급의 신분 차이가 필요하고, 그것이 나에게 큰 이득을 준다는 것도 알고 있어. 다만 내가 이 세상에서 약간의 행복과 한 가닥의 기쁨을 누리려는 순간 그것이 내 앞을 막는 장애물이 되지 않기만을 바랄 뿐이라네. 얼마 전 나는 산책을 하다가 B양을 알게 되었어. 그녀는 경직된 사고를 강요받는 삶 속에서도 인간 본연의 순수함을 지닌 아주 사랑스러운 아가씨라네. 대화를 나누며 우리는 호감을 느꼈고, 나는 헤어질 때 그녀의 집을 방문해도 되겠냐고 청했다네. 그녀는 아주 흔쾌히 청을 받아들였지. 나는 그녀를 보러 가는 때를 기다리기가 힘들 정도였다네. 그녀는 이 지역 출신이 아니라 숙모님의 집에서 살고 있었네. 노부인의 인상은 내 마음에 별로 들지 않았어. 나는 최대한 그녀에게 예의를 표하고 그 부인과도 이야기를 나누려 했다네. 나는 30분도 지나지 않아 부인에 대해 거의 모든 걸 알게 되었다네. 나중에 B양이 나에게 해준 이야기로는, 부인은 늘그막에 거의 빈털터리가 되었다네. 기낼 만한 재산도 지식도 없이 그저 족보나 붙잡고 있다고 하더군. 몸을 숨길 곳이라고는 대대로 내려오는 지체 높은 신분뿐이라는 거야. 부인의 유일한 즐거움은 2층에서 아래를 지나가는 사람들을 내려다보는 것이지. 부인은 젊은 시절 아주 미인이었는데, 뛰어난 미모로 변덕을 부리며 불쌍한 청년들을 괴롭히며 세월을 보내다가 나이가 들어서는 늙은 장교에게 순종하며 살았다고 하더군. 그는 그 대가로 그녀의 비싼 생활비를 대며 그녀의 30대와 40대를 함께 지내다 죽었다는군. 아마 그녀의 조카가 이렇게 돌보지 않는다면 그녀는 버려진 채 누구도 거들떠보지도 않았겠지.

1772년 1월 8일

격식을 차리는 데에만 온 신경을 쓰고, 어떻게든 위로 올라가기 위해 몇 년이 걸리든 혼신의 노력을 쏟는 꼴이라니. 인간들이란! 그들에게는 그것 말고도 해야 할 일이 태산같이 쌓여 있어. 그건 그들이 정말 중요한 일은 내팽개치고 사소한 일에만 열중했기 때문이지. 지난 주말에는 썰매를 타러 갔다가 논쟁이 벌어져 모처럼의 즐거운 분위기를 몽땅 망치고 말았다네.

위치 같은 건 전혀 중요한 것도 아니고, 최고의 자리를 차지하고 있다고 해서 그가 최고의 역할을 하는 것도 아니라는 것을 보지도 못하는 멍청이들! 얼마나 많은 왕이 그의 신하에게, 얼마나 많은 신하가 그의 부하에게 지배당하는지 아는가? 그러면 누가 가장 강한 사람인가? 그 사람은, 내 생각에는 말이지, 다른 사람들을 꿰뚫어보고 그들의 힘과 열정을 제 계획을 펼치는 데 쓰도록 하는 충분한 힘이나 지략을 가지고 있는 사람이라네.

1월 20일

폭풍우를 피하기 위해 들른 초라한 농가의 숙소에서 나는 결국, 당신에게 편지를 씁니다. 사랑하는 로테, 쓸쓸한 보금자리였던 D에서 낯선, 완전히 낯선 사람들 사이에 둘러싸인 내 심장은 당신에게 편지를 쓸 수 있을 만큼 뜨거워지지 않아 도저히 편지를 쓸 여유가 없었습니다. 그런데 지금 이 오두막에, 고립되어 오직 창밖으로 눈과 우박이 몰아치고 있을 뿐인 이곳에 들어서자마자 처음 든 생각은 바로 당신이었습니다. 여기에 들어서는 순간 당신의 모습과 당신의 생각이 나를 덮쳤어요, 로테! 너무 성스럽고 너무 따스한 그대! 신이시여! 당신을 처음 보았던 그 행복감이 다시 생각나는군요.

소중한 그대, 당신이 이런 혼란에 빠진 나를 본다면! 내 감정은 얼마나 메말라버렸는지! 한순간도 충만함을 느낄

수 없고, 축복된 시간도 전혀 없습니다! 소금노, 아주 조금
도 말이죠! 나는 마치 요지경 앞에 서서 사람들과 조랑말들
이 돌아가는 것을 보는 기분이에요. 그리고 종종 이것이 착
시가 아닌가, 스스로에게 묻고는 합니다. 나도 함께 어울려
보지만 오히려 내가 꼭두각시가 되어 누군가에게 조종을
당하는 느낌이 들어요. 그러다 옆 사람의 나무로 된 손을 잡
았다가 깜짝 놀라 뒤로 물러나기도 하지요. 저녁에 나는 아
침 해돋이를 즐기겠노라 결심하지만 아침에는 침대에서 일
어나지 않죠. 낮에는 달빛을 즐겨보겠노라 생각하지만 막
상 밤에는 방에 틀어박혀 있어요. 내가 왜 일어나고, 왜 잠
이 들어야 하는지 나는 전혀 알 수가 없습니다.

내 인생을 움직이게 만들던 중심이 사라져버렸습니다.
밤에도 나를 맑게 깨어 있게 했고, 아침에 나를 깨워주던 그
기쁨이 사라져버렸습니다.

B양은 내가 여기서 유일하게 만나는 여성이죠. 그녀는
당신과 닮았어요. 사랑하는 로테, 만약 누군가가 조금이라
도 당신과 닮는 게 가능하다면 말이죠. "아이참." 당신은 이
렇게 말하겠죠. "입에 침도 안 바르고 어쩜 그러세요!" 그것
도 아주 틀린 말은 아니지요. 요 근래 나는 어쩔 수 없이 아
주 예의를 차리는 사람이 되었는데, 그랬더니 여성들이 나
처럼 칭찬을 잘하는 사람은 없을 거라고 하는군요. (당신은
거짓말을 한다고 하겠지요. 그건 가능한 일이 아니니까, 그렇지

않나요?) 당신에게 B양 이야기를 하고 싶었어요. 그녀의 넉
넉한 영혼은 그녀의 푸른 눈을 가득 채우며 빛난답니다. 그
녀는 심장이 가진 소망을 채워주지 못하는 자신의 신분을
짐스럽게 여깁니다. 그녀는 이 혼란스러운 세상에서 벗어
나고 싶어합니다. 그래서 우리는 소박한 행복이 있는 전원
생활을 몇 시간이고 그려보고는 해요. 아, 그리고 당신 이야
기도 합니다! 그녀가 얼마나 자주 당신에게 존경을 표하는
지 모릅니다. 그것은 그녀의 마음에서 우러나온 것이에요.
그녀는 당신 이야기를 듣는 것을 좋아하고, 또 당신을 흠모
합니다.

오, 내가 지금 정겹고 아늑한 방에서 사랑을 가득 담아 당
신의 발치에 앉아 있는 것이라면 얼마나 좋을까요. 우리의
아이들이 우리 주위를 뛰어다니고 있는 것이라면. 아이들
이 너무 시끄럽게 떠들면 나는 아이들을 모아놓고 무서운
이야기를 해서 조용히 시키겠죠.

하얀 눈으로 덮여 빛나는 풍경 아래 태양은 장엄하게 지
고 있고 거친 폭풍우도 이제 그쳤습니다. 그리고 나는, 이제
다시 새장 안에 나를 가두어야 합니다. 안녕! 알베르트는
당신 곁에 있나요? 어떻게 지내나요? 당신에게 이런 질문
을 하는 나를 신이여 용서하시길!

2월 8일

일주일째 나쁜 날씨가 계속되고 있지만 나에게는 그것이
오히려 좋다네. 왜냐하면 내가 여기에 온 이후로 날씨가 화
창한 날이면 꼭 누군가 때문에 하루를 망치거나 기분이 상
하지 않은 날이 없기 때문이지. 그래서 비가 오는 날이나 서
리가 내려 주위가 얼어붙은 날, 땅이 녹아 질퍽거릴 때면 나
는 외출하는 것보다 집에 머무는 것도 나쁘지 않군, 이렇게
생각한다네. 아니면 반대로 오히려 잘됐다고 생각하는 날
도 있지. 아침 해가 떠오르고 화창한 날씨가 될 것 같은 날
나는 이렇게 소리칠 수밖에 없네. '하늘의 선물이 내렸으니
또 서로 다투고 빼앗을 거리가 생겼군!' 사람들이 서로 가
지겠다고 싸우지 않는 것이라고는 없지 않나. 건강, 평판,
행복, 휴양! 그리고 대부분은 그들의 어리석음에서, 이해가
부족한 데서, 식견이 부족한 데서 일어나는 것인데도 그들
은 자신의 선한 의도에서 나오는 것이라고 한다네. 때로 나
는 그들 앞에 무릎을 꿇고 제발 서로의 마음에 상처를 주지
말라고 빌고 싶어진다네.

2월 17일

유감스럽게도, 대사와 나의 관계는 더 이상 오래가지 않을

것 같네. 그 인간은 정말 도저히 참을 수가 없어. 그가 일하는 방식이나 추진하는 업무는 정말 우습기 짝이 없어서 나는 도저히 받아들일 수가 없다네. 그래서 자주 그에게 이의를 제기하고, 그리고 종종 내 방식으로 일을 처리하고는 했는데 당연히 그는 그것을 아주 싫어했다네. 결국 그는 궁정에 가서 나에 대한 불평을 했고, 장관은 나에게 가벼운 질책을 했어. 하지만 질책은 질책이지. 내가 결국 사직을 결심하고 있을 때 나는 장관으로부터 사적인 편지를 받게 되었어. 그리고 그 훌륭하고 고매하고 현명함이 담긴 편지 앞에서 무릎을 꿇고 말았다네. 그는 나의 지나치게 예민한 감수성을 걱정하면서도, 효율을 증대시키고 다른 사람에게 영향을 미치고 업무에 몰입해야 한다는 내 패기만만한 생각은 젊은이의 훌륭한 기개로 칭찬하셨다네. 그러면서 그것을 없애려 하지 말고 약간 누그러뜨려 그 좋은 영향을 극대화할 수 있는 쪽으로 노력해보라고 하셨지. 덕분에 나는 일주일 만에 마음을 가라앉히고 진정시킬 수 있었다네. 마음의 평화는 중요한 일이야. 그것 자체만으로도 하나의 기쁨이지. 사랑하는 친구, 이렇게 아름답고 귀중한 보석이 깨지기 쉬운 것만 아니라면 얼마나 좋겠나.

2월 20일

신께 간청하기를, 내가 사랑하는 사람들이여, 신이 내게서 가져가신 그 좋은 날들을 모두 당신들에게 주기를!

　당신이 나를 속인 것에 알베르트, 나는 감사를 전하오. 나는 당신들이 언제 결혼식을 올릴지 늘 소식을 기다렸소. 그리고 그 소식이 들리면 로테의 실루엣을 엄숙하게 벽에서 떼어내어 다른 종이들 사이에 보이지 않게 묻어두려 했다오! 그러나 당신들은 이미 부부가 되었고, 그녀의 그림은 아직도 벽에 걸려 있소! 계속 벽에 걸어놓을 생각이라오! 안 될 이유도 없겠죠? 나는 이것이 로테의 가슴에 있는 당신에게 해를 입히지 않고 당신들과 함께 있는 것임을 알고 있소. 물론 나는 로테에게 두 번째겠지만 그래도 나는 그녀의 마음속에 계속 머물 것이고, 그래야만 하오. 오, 만약 그녀가 나를 잊기라도 한다면 나는 미쳐버릴 것이오. 알베르트, 생각만으로도 지옥에 있는 것 같소. 알베르트, 잘 지내시오! 잘 지내요, 하늘의 천사! 잘 있어요, 로테!

3월 15일

너무 불쾌한 일을 겪어서 아마 여기를 떠나야만 할 것 같네. 정말 이가 갈릴 정도야! 제기랄! 이 불쾌함은 어떻게 해도 없어지지 않을 거네. 이건 전부 자네들 탓이야. 생각도 없는 나를 떠밀고 권하고 억지로 졸라 이런 자리에 앉혀놓은 것은 자네들이지 않는가! 내 이럴 줄 알았네! 이제 어쩔 텐가! 자네가 다시 내 극단적인 생각이 모든 것을 망쳤다고 말하지 못하도록, 친애하는 친구, 지금 여기에다 연대기를 서술하듯 간단하게 모든 이야기를 해주겠네.

C백작이 나를 아껴 총애하는 사실은 잘 알려진 사실이고, 자네에게도 여러 번 이야기했었지. 나는 어제 그분과 만찬을 함께했다네. 그런데 바로 그날 저녁이 그분의 집에서 상류층 신사 숙녀들의 사교 모임이 열리는 날이라는 사실을 전혀 몰랐다네. 또한 우리 같은 하급 관리들은 낄 수 없다는 사실도 알지 못했지. 아무튼, 좋네. 나는 백작과 식사를 하고 식사 후에는 큰 홀로 가 서성이며 이야기를 나누었고, 나중에는 B대령도 이야기에 끼어들었다네. 그러는 사이에 사교 모임이 열리는 시간이 다가오고 있었지. 나는 말일세, 세상에 맙소사, 아무 생각도 하지 못했다네. 그때 얄팍한 교양을 뽐내기로 유명한 S부인이 남편과 빈약한 가슴을 코르셋으로 꽉 조여 갓 부화한 거위 새끼 같아 보이는 딸과 함께 홀로 들어섰어. 그들은 내 옆을 지나치면서 고귀한 혈통이 물려준 눈초리로 나를 흘겨보고 콧방귀를 끼었다네. 그 모습이 너무 역겨워 나는 그 자리를 뜨려 했어. 그저 백작의 가벼운 수다가 끝나기만을 기다렸을 뿐이야. 바로 B양이 그

곳으로 들어서기 전까지 말이지, 그녀를 볼 때면 늘 기분이 좋아지기 때문에 나는 거기에 머물러 그녀 의자 뒤에 서 있었다네. 그리고 어느 정도 시간이 지난 다음에야 그녀가 나를 어색해하고 나와 이야기할 때 당황한다는 사실을 알아차렸네. 그녀 역시 다른 사람들과 다를 바 없다는 생각에 기분이 상해서 그 자리를 떠나고 싶었어. 하지만 나는 계속 거기 머물렀다네. 그녀를 기꺼이 용서하고 싶었고, 그녀가 그랬다고 생각하고 싶지 않았을 뿐더러, 그녀에게 따뜻한 말 한마디라도 듣고 싶어서였지. 그러는 사이에 그곳은 사람들로 가득 찼다네. 프란츠 1세의 대관식에서 입었던 옷을 차려입은 F남작과 직책상 귀족 대접을 받는 궁정 고문관 R씨와 그의 귀머거리 아내 등이 있었네. 그 밖에도 옛 프랑켄풍 의상의 해진 부분을 최신 유행하는 옷감으로 기워 입은 이상한 옷차림의 J도 잊을 수가 없지. 그런 사람들이 구름처럼 가득했다네. 나는 몇몇 아는 사람들과 대화를 나누었는데 모두 간결한 대답을 할 뿐이었네. 나는 오직 B양만 생각하고 주의를 기울이고 있었다네. 그러다 보니 홀 끝에 있던 여자들이 귓속말을 서로 속삭이다가 그것이 남자들에게까지 퍼져 S부인이 백작에게(나중에 B양이 모든 것을 설명해주었다네) 이야기를 했고, 결국 백작이 얼른 나에게 다가와 나를 한쪽 창가로 데려가게 된 것을 전혀 깨닫지 못하고 있었어.

"자네도 알겠지만." 그가 입을 열었어. "우리 사이의 이 멋진 관계가 이 사람들 마음에는 들지 않나 보네. 자네를 여기서 보는 것이 탐탁지 않은 것 같아. 나는 물론 그러고 싶지 않지만."

"오, 백작님." 내가 말을 가로챘다네. "정말 죄송합니다. 제가 미리 생각을 해야 했습니다. 저의 결례를 용서해주시겠지요. 저도 이미 자리를 떠나려 생각하고 있었습니다. 뭔가 잘못된 판단에 사로잡혀 있었군요."

나는 웃으며 이렇게 덧붙이고 고개를 숙였다네. 백작은 마음을 담아 내 손을 꼭 잡았는데, 그것으로 모든 말을 하는 것 같았지. 나는 그 고상한 무리에서 빠져나와 이륜마차를 타고 M으로 갔어. 해가 지는 모습을 보기 위해 언덕을 올라 호메로스를 펼쳐 들었고 율리우스가 훌륭한 인품의 돼지치기들에게 대접을 받는 멋진 서사시를 읽었다네. 모든 것이 좋았어.

밤이 되어 나는 식사를 하러 갔어. 식당에는 몇 명이 아직 남아 있었다네. 그들은 식탁보를 걷어내고 구석에서 주사위 놀이를 하고 있었지. 그때 솔직한 성격의 아델린이 들어와 나를 쳐다보며 모자를 내려놓더니 내 쪽으로 다가와 조용하게 말했지.

"망신을 당하셨다면서요?"

"내가요?" 내가 말했어.

"백작이 당신을 연회에서 쫓아냈다고 하던데요."

"말도 안 되는 소리!" 내가 말했어 "밖에서 시원한 공기를 마시는 게 훨씬 좋아서 그런 거라오."

"다행이네요." 그가 말했어. "당신이 별거 아닌 일로 여기니 말이죠. 하지만 나는 불쾌해요. 소문이 벌써 여기저기 다 퍼졌어요."

그 이야기를 듣다 보니 화가 나기 시작하더군. 내가 식사하러 왔을 때 전부 나를 흘끗거리던 것도 그 때문이라는 생각이 들었어! 그건 내 피를 끓게 했다네.

그리고 급기야 오늘은 어디를 가든 나를 동정하는 소리만 들리는군. 나를 시기하던 사람들은 의기양양해 이렇게 말한다네. '저 꼴 좀 보라지. 좋은 머리를 믿고 관습이나 풍습 따위는 무시하고 잘난 척하며 목에 힘주고 다니더니 결국 망신이나 당하는군.' 정말 나는 칼로 심장을 찔러버리고 싶은 심정이네. 남이 뭐라든지 하고 싶은 대로 떠들게 두고 나는 내 갈 길을 가면 된다고 말할 수도 있겠지만, 자신을 헐뜯으며 이득을 취하려고 하는 무리를 과연 참아낼 수 있는 사람이 있을까? 그 떠도는 소문이 아예 근거 없는 것이라면 아예 흘려버릴 수 있을 것인데 말이야.

3월 16일

모든 것이 나를 힘들게만 하는군. 오늘 나는 길에서 B양을 만났는데, 도저히 말을 걸지 않을 수 없었다네. 그러다 그녀의 일행과 약간 떨어졌을 때 그녀의 최근 태도에 대한 내 감정을 이야기했다네.

"오, 베르테르." 그녀는 진지한 음색으로 이야기했어. "제 마음을 알고 있으면서 난처했던 제 입장을 어떻게 그렇게 받아들일 수 있나요? 홀에 들어선 그 순간부터 저는 당신 때문에 얼마나 당황스러웠는지 몰라요! 저는 모든 상황을 이미 알고 있었기 때문에 얼마나 당신에게 이야기하고 싶어 망설였는지 몰라요. 저는 S부인과 T부인이 당신과 같이 있으니 차라리 남편과 그 자리를 떠나려 한 것도 알았고, 백작님이 그분들과의 관계를 망치면 안 된다는 것도 알았어요. 그래서 지금 이 분란이 생긴 거예요!"

"그게 무슨 말이죠?" 나는 놀라움을 감추며 말했다네. 그제야 엊그저께 아델린이 나에게 했던 이야기가 마치 끓는 물처럼 한꺼번에 내 혈관을 타고 들어오는 것 같았어.

"그 때문에 제가 어떤 대가를 치렀는지 아시나요!" 그렇게 말하는 다정한 그 여인의 눈에는 눈물이 가득 고였다네. 나는 체면이고 뭐고 다 던지고 그녀의 발밑에 몸을 던지고 싶었어. "제발 설명해주시오!" 내가 외쳤어. 눈물이 그녀의 뺨을 타고 흘러내렸어. 나는 제정신이 아니었어. 그녀는 눈물을 감추려고도 하지 않고 그저 닦아내고만 있었어.

"당신도 제 숙모님을 아시잖아요." 그녀는 설명을 시작했어. "그분도 그 자리에 있었어요. 그리고 그걸 바라보는 눈빛이 어땠는지 당신은 모를 거예요! 베르테르, 나는 어젯밤은 물론이고, 오늘 이른 아침에도 당신과의 관계에 대한 설교를 들어야만 했어요. 게다가 나는 당신을 경멸하고 모욕하는 소리를 듣고 있어야만 했어요. 당신을 조금도 두둔할 수도 없었고, 그렇게 해서도 안 되었어요."

그녀의 말 한마디 한마디가 비수가 되어 내 심장에 꽂히는 것 같았네. 나에게 모든 것을 말하지 않는 것이 더 큰 자비를 베푸는 것임을 그녀는 모르는 것 같았어. 그러나 그녀는 이야기를 덧붙이기까지 했지. 사람들이 앞으로도 계속 떠들어댈 것이며, 그중 몇은 거기에 의기양양해할 것이라고. 내가 무모하고 거드름을 피우며 다른 사람들을 가볍게 대한다면서 나를 비난해온 사람들이 내가 그 대가를 치르는 것이라고 얼마나 고소해하고 통쾌해하는지도 말이야. 이게 다라네, 빌헬름. 이 모든 이야기를 연민으로 가득 찬 그녀의 목소리로 들었다네. 나는 완전히 엉망인 상태가 되었다네. 아직까지도 분노가 차오르는군. 차라리 내 면전에 대고 헐뜯는 소리를 하는 것이 나을 거야. 그럼 당장이라도 그를 단검으로 찔러버릴 수 있을 테니까. 피를 보면 기분이 좀 나아질지도 모르겠지. 아, 이 답답한 가슴에 숨통을 틔우기 위해 난 수백 번도 더 칼을 갈았다네. 예전에 혈통 좋은 말은 지나치게 혹사를 당하면 좀 더 편하게 숨쉬기 위해 본

능적으로 스스로의 핏줄을 물어뜯는다는 이야기를 들은 적
이 있다네. 지금의 내가 그 기분일세. 나도 그렇게 내 핏줄
을 물어뜯어 영원한 자유를 얻고 싶을 뿐이야.

3월 24일

나는 궁정에 사직서를 제출했네. 아마 내 바람대로 잘 수리
될 것이라 생각하네. 미리 자네들에게 허락을 구하지 못한
것은 미안하게 생각하네. 나는 이제 떠나야만 하네. 나를 여
기에 머물게 하려는 자네들의 마음을 알고는 있어. 내 어머
니에게는 잘 설명해주게. 나는 지금 나 자신도 추스르지 못
하고 있는 상태이니 내가 어머니를 위로해드리지 못하는
것을 이해해주시겠지. 그 사실은 당연히 어머니의 가슴을
아프게 할 테지만. 추밀 고문관이나 대사를 목표로 출세가
도를 잘 달리고 있던 아들이 갑자기 멈추어 서더니 작은 짐
승을 매달고 가축우리로 돌아오는 것을 보게 되는 꼴이니
말이야! 이 일에 대해서 무슨 생각을 하든 그건 이제 자네
들 자유야. 내가 여기에 머물 수 있고, 아니면 그래야만 하
는 가능한 경우의 수를 조합해보든지 자네들 원하는 대로
하게. 이제는 되었네. 나는 가겠네. 내가 어디로 갈지 자네
들은 궁금하겠지. 여기는 모 후작이 있는데, 그는 나와 취향
도 비슷해서 나와 어울리는 것을 좋아한다네. 그분은 내 계

획을 듣고는 자기의 별장으로 가서 멋진 봄을 함께 보내자고 청하지 뭔가. 게다가 전적으로 내가 원하는 대로 나를 내버려두기로 약속도 해주었다네. 우리는 어느 정도는 서로를 이해하는 사이이기 때문에 나는 모든 것을 행운에 맡기고 그와 함께 가기로 했다네.

4월 19일

자네가 보낸 두 통의 편지 고맙게 잘 받았네. 내가 답하지 않은 것은 궁정에서 내 사직서가 수리될 때까지 이 편지를 간직하고 있었기 때문이라네. 어머니께서 장관에게 나에 대한 부탁을 해 내 계획을 방해할까 두려웠기 때문이지. 다행히 일이 잘 풀려서 내 사직서는 잘 통과되었다네. 궁정에서 내 사직서를 쉽게 수리하려 하지 않았으며, 장관님이 나에게 어떤 편지를 썼는지에 대해서는 별로 말하고 싶지 않네. 아마 자네들이 새롭게 안타까운 탄식을 늘어놓을 게 뻔하기 때문이야. 황태자는 나에게 퇴직금조로 25두카텐과 눈물이 날 정도의 감동적인 편지도 보내셨네. 그 덕분에 내가 저번에 편지에 썼던 어머니에게 부탁한 돈은 필요 없게 되었어.

5월 5일

내일 나는 여기를 떠날 거야. 내가 태어난 곳이 마침 가는 길에서 불과 6마일 떨어져 있을 뿐이라 그곳에 들러 행복한 꿈을 꾸던 날들을 떠올려보려고 하네. 아버지가 돌아가신 후 어머니가 그 사랑스럽고 편안한 도시에서 나를 데리고 떠난 바로 그 문으로 다시 들어가 보려 하네. 어머니는 나를 마차에 태워 지금의 이 지긋지긋한 도시로 왔지. 잘 지내게, 빌헬름, 내 또 소식 전하겠네.

5월 9일

나는 성지 순례를 하는 경건함으로 고향 순례를 잘 마무리 지었다네. 종종 뜻하지 않았던 감정이 나를 사로잡기도 했어. 도시 앞에는 S로 향하는 방향으로 15분 정도 떨어진 곳에 커다란 보리수나무가 서 있는데, 나는 바로 그 나무 아래 마차를 세웠다네. 그리고 마차에서 내린 후 마차를 돌려보냈어. 내 가슴에 담겨 있는 추억을 생생하게 떠올려보며 직접 주변을 걸어보고 싶었기 때문이네. 내가 소년이었던 시절, 내 산책의 목적지이자 경계선이었던 그 나무 밑에 나는 다시 서 있었지. 이곳은 얼마나 달라졌는지! 철없이 행복만 가득했던 그 시절의 나는 먼 미지의 세계에 나가기만 하면

내 심장을 채워줄 양분과 기쁨이 가득한 것이리고 몹시 동
경했다네. 그곳이 열망과 갈망으로 가득 부푼 내 가슴을 자
유롭게 해줄 것이라고 말이지. 그러나 지금 나는 넓은 세상
에서 이렇게 다시 되돌아온 것이라네. 오, 나의 친구여, 얼마
나 많은 나의 희망이 사라지고, 얼마나 많은 나의 계획이 물
거품이 되었는가. 나는 예전에는 수천 번이나 내 소망의 대
상이었던 산이 내 앞에 누워 있는 것을 보고 있다네. 나는 몇
시간이나 이곳에 앉아 그 너머를 동경하며, 따뜻하고 어렴
풋한 기운이 감도는 계곡과 숲을 바라보곤 했지. 그러다 날
이 저물어 집으로 다시 돌아갈 때가 되면 얼마나 이곳을 떠
나기가 싫었던지! 나는 점점 도시에 가까워졌고 오래된 낯
익은 정자들은 나에게 반가운 인사를 건넸지만, 새로운 것
들은 내 마음에 들지 않았네. 내가 없는 사이에 생긴 집은 전
부 하나같이 눈에 거슬릴 뿐이었어. 성문 안으로 들어서자
마자 나는 완전히 옛 시절로 돌아간 나를 마주하게 되었지.
친애하는 친구, 이 모든 것을 세세하게 다 이야기하고 싶지
는 않아. 내게는 너무 매혹적이었던 것들을 설명하다 보면
너무 단조로워질 것 같으니 말일세. 나는 그 옛날 우리가 살
던 바로 옆에 있는 시장 쪽에 숙소를 잡았어. 지나는 길에 그
당시 나이 많고 고지식하던 여선생이 어린 우리를 우리에
넣듯 가두어놓았던 교실이 지금은 잡화상으로 바뀌어 있는
것을 보았다네. 그 소굴 같은 교실에서 내가 견딘 초조와 눈

물, 막막함과 불안도 떠올랐어. 발걸음을 옮길 때마다 옛 기억이 하나둘 떠올랐고 모든 것이 다 마음에 들었다네. 성지를 도는 그 어떤 순례자라도 종교적 기억으로 가득한 유적지를 나처럼 많이 만나지는 못할 것이며, 그의 마음 역시 이렇게나 성스러운 감동으로 벅차오르지는 않을 것이네. 수많은 이야기가 있지만 하나만 이야기해보겠네. 나는 강을 따라 익숙한 농장까지 걸어갔다네. 그곳은 내가 자주 갔던 길로, 걷다 보면 작은 공터가 나온다네. 그곳에서 소년이었던 우리는 납작한 돌로 물수제비뜨는 연습을 하곤 했지. 그곳에 서서 멋진 예감을 가슴에 품고 흐르던 강물을 바라보던 일이 아직도 눈앞에 생생하기만 하네. 물이 흘러가 닿는 그곳에 아름다운 마을이 있을 거라는 기대를 하며 멋진 상상을 했지. 내 상상력은 곧 한계에 이르렀지만 강물은 그 뒤에도 계속 흘러갔고, 그러면 나도 보이지 않을 만큼 아득히 먼곳을 생각하느라 정신이 온통 빠져들어 갔지. 보게나, 친구, 우리의 훌륭한 선조들은 그렇게나 좁은 세상에 살면서도 얼마나 큰 행복을 느끼며 살았는가! 선조들의 감정과 문학은 그러한 천진함을 가지고 있던 것이라네. 그래서 오디세우스가 말한 깊이를 잴 수 없는 바다와 무한하게 펼쳐진 넓은 육지에 대한 말은 매우 참되고 인간적이며, 사실 너무나 진지하고 친밀하고, 신비스럽기까지 한 이야기라네. 지금 내가 어린 학생과 함께 지구는 둥글다고 따라 해본들 그것이 다 무슨 소용이 있겠나. 인간은 땅 위에서 살아가기 위해서는 약간의 흙만 있으면 되고, 땅속에서 잠들기 위해서는 이보다 더 적은 양의 흙만 있으면 된다네.

나는 지금 후작과 함께 머무르고 있어. 그분은 성격이 진실하고 소박해 나는 잘 지낼 수 있을 것 같네. 그런데 그분 주변에는 내가 도저히 이해할 수 없는 괴짜들이 많다네. 이들은 나쁜 사람들은 아니지만, 그렇다고 성실한 사람들 같지도 않네. 가끔 성실해 보이기도 하지만 그렇다 해도 나는 어쩐지 그들을 믿을 수가 없다네. 게다가 유감스러운 것은 그 후작이 주로 남에게 들었거나 책에서 읽은 것들만 이야기한다는 점이네. 그것도 그 이야기를 한 사람과 같은 관점에서 말일세.

그는 내 마음보다는 나의 이성과 재능을 더 높이 평가한다네. 하지만 내 마음만이 나의 유일한 자랑이자 모든 힘과 행복, 그리고 모든 불행의 근원이지. 아, 내가 아는 것은 누구나 다 알 수 있으니, 오직 내 마음만이 내 것이라 할 수 있을 거야.

5월 25일

나에게는 계획이 하나 있었는데 이것을 직접 실천하기 전까지는 자네에게 절대 말하지 않으려 했어. 하지만 지금은 다 물거품이 되어버렸으니 상관없겠지. 나는 전쟁에 참여할 생각이었다네. 그건 아주 오랫동안 내 마음속에 품고 있던 것이었네. 바로 그 때문에 나는 후작을 따라 이곳까지 온 것이라네. 그 후작은 사실 모 부대의 장군이라네. 그분과 산책길에 내 마음을 털어놓았더니 나를 말리더군. 내 마음속에 싹트고 있었던 것은 어떤 변덕이나 망상 때문이었던 모양일세. 마음속에 정열이 있었다면 후작이 말한 이유에 대해 내가 귀를 기울이지 않았을 테니까.

6월 11일

자네가 뭐라고 하든 나는 더 이상 이곳에 머물 수가 없어. 도대체 여기서 내가 무엇을 하겠나? 시간이 너무나도 길다네. 후작은 나를 아주 극진하게 대접하지만 이곳은 내가 있을 곳이 아니라는 생각이 드네. 사실 생각해보면 근본적으로 우리 두 사람에게는 아무런 공통점도 없어. 후작은 지성인이기는 하지만, 그렇다고 그것이 대단한 것은 아니라네. 그는 세속적인 지식인이라고 말할 수 있지. 그와 사귀는 것보다야 좋은 책 한 권을 읽는 것이 나을 정도이네. 일주일 정도 더 머문 다음 나는 발길 닿는 대로 다시 길을 떠날 생각이네. 이곳에 있으면서 가장 잘한 것은 내 그림이라네. 후작은 미술에 대한 감각이 있어. 다만 그 멋없는 지식이나 무

미건조한 전문 용어를 구사하지만 않는다면 예술에 대해
좀 더 깊이 나아갈 수 있었을 것이네. 가끔은 참을 수 없이
분통이 터질 때가 있어. 내가 온갖 상상력을 동원해 그를 자
연과 예술의 세계로 이끌려고 하면 그는 갑자기 무언가 대
단한 일이라도 하는 듯 뻔한 예술 용어를 들먹거리며 모든
것을 정리하려고만 하니 말일세.

6월 16일

이제 나는 그저 나그네라네. 이 세상을 떠돌고 있을 뿐이지.
자네들은 그 이상의 존재라고 할 수 있는가?

6월 18일

어디로 갈 생각이냐고? 자네에게만 밝히겠네. 앞으로 2주
정도 더 이곳에 있다가 모 지역의 광산을 찾아갈 생각이야.
바보 같은 생각이지만 그건 겉으로 보이는 핑계에 지나지
않고, 사실은 오직 로테 곁으로 가까이 가고 싶은 마음뿐이
라네. 이러는 나 자신을 비웃으면서도, 결국 나는 내 마음이
시키는 대로 행동하고 있어.

<u>7월 29일</u>

아니야, 괜찮네! 모든 것이 좋아! 내가 그녀의 남편이었다면! 오, 저를 창조하신 신이시여! 당신께서 그런 축복을 제게 베풀어주셨다면 저의 인생은 평생 쉼 없는 기도를 드렸을 겁니다. 당신에게 불평을 하는 것이 아닙니다. 이 눈물을 용서해주시고, 저의 이런 헛된 소망을 용서해주십시오! 그녀가 내 아내라면! 태양 아래 가장 사랑스러운 그녀를 내 품에 안을 수 있었더라면! 알베르트가 그녀의 가냘픈 몸을 끌어안는 걸 생각하면! 오, 빌헬름, 내 온몸이 저려온다네.

내가 이런 말을 해도 되는 것일까? 빌헬름, 왜 안 되겠나? 로테가 알베르트가 아닌 나와 결혼했다면 훨씬 더 행복했을 것이네! 오, 알베르트는 그녀가 마음에 품고 있는 모든 소망을 들어줄 수 있는 사람이 아니야. 그에게는 감수성이 부족해. 그래, 부족하다네. 이 부분에 대해서는 자네가 생각하고 싶은 대로 생각하게나. 하지만 그렇다네. 알베르트에게는 똑같은 느낌으로 뛰는 그런 심장의 공감이 없어 그녀와 조화를 이루지 못해. 좋아하는 책을 함께 읽다가 공감하는 대목에서 그녀와 나의 마음은 하나가 되어 뛰지만, 그는 그렇지 못하다네. 다른 사람의 행동을 보고 그녀와 내가 감동하여 탄성을 질러도 그는 그렇지 못하다는 말일세. 사랑하는 빌헬름! 하지만 그는 온 마음을 바쳐 그녀를 사랑하고 있다네. 그런 사랑이라면 무슨 보답인들 받지 못하겠나.

달갑지 않은 사람이 찾아와 편지 쓰는 걸 방해했네. 나의 눈물은 말라버렸고 마음도 어수선해졌군. 잘 있게, 친구!

8월 4일

오직 나만 이렇게 불행한 것은 아니겠지. 인간이라면 누구든 자신이 가졌던 희망에 속고, 기대에 배신당하게 되니 말일세. 나는 보리수나무 아래 사는 그 마음씨 착한 부인을 찾아갔어. 맏이가 환호성을 지르며 나를 맞으러 달려 나왔고, 그 바람에 아이의 엄마도 덩달아 달려 나왔는데, 그녀의 얼굴은 보기에도 몹시 초췌하더군.

"나리, 세상에, 우리 한스가 죽었어요!"

이것이 그녀가 나를 보고 내뱉은 첫 마디였다네. 한스는 그녀의 막내아들이야. 나는 아무 말도 못 했네. "그리고 남편은요……." 그녀가 말을 이었어. "스위스에서 돌아오긴 했지만 아무런 소득도 얻지 못했어요. 돌아오는 길에 인자한 사람들의 도움을 받지 못했다면 길바닥에서 구걸할 뻔했다는군요. 게다가 도중에 열병에 걸리기까지 했답니다."

나는 아무런 말도 해줄 수 없어 아이에게 약간의 돈을 주었어. 그녀가 사과 몇 개를 건네주기에 나는 그것을 받아들고 슬픈 기억이 간직되어 있는 그곳을 떠나왔다네.

<u>8월 21일</u>

내 기분은 손바닥을 뒤집는 것처럼 수시로 돌변하고는 한다네. 가끔은 내 인생에 다시 즐거운 빛이 비칠 것만 같은 생각이 들 때도 있어. 아주 잠깐! 잠깐 동안 말일세! 이런 몽상에 젖어 있을 때면 '만약 알베르트가 죽는다면?' 하는 생각을 도저히 피할 길이 없네. 그러면 내가! 그래, 아마 그녀와, 분명히 그녀는……. 나는 그런 망상의 실을 따라 마구 달려가다가 갑자기 심연 앞에 이르게 되고, 그제야 움찔 놀라 뒤로 물러선다네.

　내가 로테를 무도회에 데려가기 위해 마차를 타고 달렸던 길을 따라 성문 쪽으로 걷다 보니 그새 많이도 달라졌더군. 모든 것이 사라졌다네! 지나간 세월을 떠올리게 하는 흔적은 찾아볼 길이 없고, 그 당시에 느꼈던 감정의 맥박도 멈춰버렸어! 일찍이 인생의 황금기를 풍미한 영주가 한창때에 온갖 장식으로 호화롭게 꾸며놓은 성을 임종 직전 사랑하는 아들에게 안심하고 물려주었는데, 혼령이 되어 돌아와 보니 성은 불에 다 타버려 폐허가 된 것을 바라보는 기분이야.

9월 3일

나는 종종 어떻게 다른 남자가 그녀를 사랑할 수 있는지, 사랑해도 되는 것인지 이해가 잘 되지 않아. 오직 그녀만을 마음속 깊이 이렇게나 가득한 사랑을 담아 사랑하며, 그녀 외에는 아무도 알지도 못하며, 오직 그녀 외에는 가진 것 하나 없는 내가 있는데 말일세!

9월 4일

그래, 그런가 보네. 자연이 가을로 기울고 있듯이, 내 마음에도 가을이 왔다네. 내 마음 속 나뭇잎들은 모두 노랗게 물들고, 주변의 나뭇잎들은 이미 낙엽이 되고 말았어. 내가 처음 이곳에 온 지 얼마 되지 않았을 때 자네에게 농가에서 일하는 젊은 하인에 대해 쓴 적이 있었지? 발하임에 갔을 때 나는 그 젊은이의 소식을 알아보았다네. 그는 일하던 집에서 쫓겨났다고 하는데, 그 이후의 소식을 아는 사람은 없었다네. 그런데 어제 다른 마을로 가는 길에 우연히 그를 만났어. 내가 말을 걸자 그는 그 안의 이야기를 나에게 해주었는데, 그건 나를 두세 배로 감동시켰다네. 내가 다시 이야기하면 자네도 금방 이해할 거야. 하지만 무엇 때문에 그러는 것일까? 왜 나는 내 마음을 찌르고 아프게 하는 이 이야기를 나를 위해 그저 묻어두지 못하는 걸까? 왜 나는 자네마저 우울하게 하는 걸까? 왜 나는 자네에게 나를 동정하고 나무랄 수 있는 기회를 주는 것일까? 이 모든 것이 내 운명이 정해둔 것일까?

처음 그는 우수에 젖은 표정으로 잠시 머뭇거리다가 곧 차분하게 내 질문에 대답했다네. 그러다 곧 옛날의 우리 관계를 되찾아서 솔직한 태도로 자신이 저지른 잘못에 대해 고백하고 자신의 불운을 한탄했다네. 친애하는 친구, 그의 말 한마디 한마디를 자네의 판결에 맡길 수 있다면 좋겠네! 그는 이렇게 고백했다네. 아니, 옛 기억을 다시 떠올리는 것에 희열을 느끼고 행복해하듯이 이야기를 시작했네. 여주인을 향한 그의 마음속 열정은 나날이 더해가면서 마침내는 자신이 어떻게 해야 할지, 그의 표현대로라면 고개를 어디로 돌려야 할지도 몰랐다고 하더군.

그는 먹을 수도 마실 수도 없고, 잠을 잘 수도 없었다는군. 목구멍에 무엇인가가 걸린 듯 목은 잠겨버렸고, 그는 절대 해서는 안 되는 일을 하고 그가 해야 할 일은 잊어버렸다고 했네. 그러던 어느 날, 그녀가 위층 방에 있는 것을 보고 그는 마치 악령에라도 씌인 듯 그곳을 뒤따라 올라갔다는군. 아니, 그녀에게 이끌렸다고 하는 게 맞을걸세. 그런데 그녀가 자신의 간청을 들어주지 않자 완력을 사용해 겁탈하려 했네. 그는 어쩌다가 그런 일이 벌어지게 된 건지 자신

도 잘 모르겠다고 했어. 그녀를 향한 그의 마음은 언제나 진
실했으며, 그가 진심으로 바란 것은 오직 그녀와 결혼해 남
은 생을 함께 보내는 것이었다고 신께 맹세해도 좋다고 했
다네. 한동안 그렇게 이야기하던 그는 마치 할 말은 더 남
아 있지만 시원하게 털어놓기 난감한 듯 말을 더듬기 시작
했네. 그러다 그는 쑥스러워하며 고백하더군. 그녀는 그가
보내는 애정의 표현을 어느 정도는 받아주었으며, 그가 그
녀 곁에 가까이 다가가는 것도 묵인해주었다고 말일세. 그
는 두세 번 말을 끊었다가 다시 이으며 나를 납득시키려는
듯 구차한 변명을 늘어놓았네. 그의 말대로라면 본인은 그
녀를 헐뜯기 위해 이런 말을 하는 것이 결코 아니고, 자신
은 예전과 다름없이 그녀를 존중하고 사랑한다는 것이었
네. 나의 사랑하는 친구, 여기서 내가 언제까지고 불러댈 나
의 옛 노래를 시작해야겠네. 나는 아마도 이 노래를 영원히
부를 것 같아. 아, 내 앞에 서 있던 이 젊은이의 모습을, 그러
니까 지금 내 앞에 서 있는 모습 그대로 자네에게 그려 보일
수만 있다면! 내가 왜 그런 운명에 동정심을 느끼는지, 왜
그럴 수밖에 없는지 자네가 생생하게 느낄 수 있도록 모든
것을 제대로 전달할 수 있다면 좋으련만! 하지만 꼭 그럴
필요는 없을지도 모르지. 어쩌면 이 정도로 충분할지도 몰
라. 자네는 나와 내 운명을 잘 알기 때문이네. 자네는 내가
왜 그런 불행한 사람들에게, 특히 이 불행한 젊은이에게 끌

리는 건지 너무나 잘 알고 있겠지.

편지를 다시 읽어보니 이야기의 결말을 해주지 않았군. 물론 자네라면 추측하기 그리 어렵지 않을걸세. 그녀는 그를 완강히 거절했다네. 그때 마침 그녀의 오빠가 나타났지. 그 오빠는 예전부터 그를 못마땅하게 여기고 쫓아낼 궁리를 하고 있었어. 아이가 없는 누이의 유산을 본인의 자식들이 상속받을 것이라 기대했기 때문이지. 그런데 만약 그 여동생이 재혼이라도 하게 되면 모든 것이 수포로 돌아가 버릴까 두려워 그는 그 자리에서 그 젊은이를 내쫓아버린 것이지. 그러고는 그 일을 온 동네에 떠벌리고 다녔다네. 혹시라도 그 부인이 다시 원하게 되더라도 그 젊은이가 다시 돌아가 일할 수 없도록 말이지. 지금 그녀는 다른 하인을 구했는데, 그 문제로도 오빠와 사이가 틀어졌다고 하더군. 사람들 말로는 그녀와 새로운 하인이 곧 결혼할 것이라고 하는데 오빠가 절대 허락하지 않을 것이라는 거지.

자네에게 한 이 이야기는 조금도 과장이나 꾸며낸 부분이 없네. 오히려 사실을 축소하여 담백하게 이야기했다고 말할 수 있지. 게다가 우리에게 전해지는 구태의연한 도덕적인 말을 가지고 이야기하다 보니 거친 느낌마저 들걸세.

이런 사랑, 이런 믿음, 이런 열정은 결코 문학적인 것은 아닐세. 이런 것들은 살아 숨 쉬고 있어. 우리가 무식하고 미개하다고 말하는 사람들 사이에서 위대한 순수함으로 살아 있지. 우리 배운 사람들! 오히려 우리가 미개하다네! 내 부탁하건데 이 이야기를 진지하게 읽어주게. 오늘은 앉아서 이 편지를 쓰고 있다 보니 마음이 차분해지는군. 내 필체를 보면 알 수 있겠지. 여느 때처럼 아무렇게나 휘갈겨 쓴 글이 없을 테니 말일세. 친구, 이 이야기를 읽으며 생각해주게. 이 이야기 또한 자네 친구의 이야기라는 것을. 그래, 나는 지금껏 그렇게 살아왔고, 앞으로도 그런 삶을 살 것이야. 나는 쓰디쓴 실연을 맛본 그 불쌍한 하인이 보여준 용기와 결심에 반도 미치지 못하는 사람일세. 그러니 그와 비교하는 것은 엄두도 낼 수 없는 일이라네.

9월 5일

로테가 남편 알베르트에게 짧은 편지를 썼어. 그는 업무 때문에 교외에 머물고 있다네. 편지는 이렇게 시작해.

'세상에서 가장 멋지고 가장 사랑하는 당신에게. 가능한 한 빨리 돌아오세요. 나는 더할 수 없는 기쁨으로 당신을 기다리고 있어요.'

그러나 한 친구가 와서 알베르트가 여러 사정 때문에 그렇게 빨리 돌아오지 못할 것 같다는 소식을 전했다네. 그래서 그 편지는 부칠 수 없었고 책상 위에 올려져 있었지. 저녁 무렵 나는 그 편지를 손에 넣었다네. 내가 편지를 읽으며 미소를 짓자 그녀는 왜 웃느냐고 묻더군. "상상력이야말로 신이 주신 선물이죠." 내가 외쳤다네. "잠시 나는 이 편지를 받는 사람이 나라고 상상해보았답니다." 그녀는 갑자기 행동을 멈췄어. 기분이 상한 것처럼 보였네. 그래서 나도 침묵을 지켰다네.

9월 6일

결심하기까지 쉽지 않은 일이었지만, 나는 로테와 처음으로 함께 춤출 때 입었던 수수한 푸른색 연미복을 더 이상 입지 않기로 했네. 그 옷은 이제 볼품이 없어졌어. 너무 낡아버렸다네. 그래서 나는 옷깃과 소맷부리까지 전과 똑같은 옷을 새로 맞추었어. 거기에 노란 조끼와 바지까지 말이지. 그런데 도저히 예전의 분위기가 나지 않네. 왜 그런지는 모르겠어. 시간이 지나면 마음에 들지 않을까 생각하고 있다네.

9월 12일

알베르트를 데리러 가기 위해 로테는 며칠 여행을 떠났다네. 오늘 그녀의 집에 갔더니 마침 그녀가 집에서 나와 반갑게 나를 맞이하더군. 나는 기쁨에 넘쳐 그녀의 손에 입을 맞추었어.

카나리아 한 마리가 횃장대 기슭에서 날아와 그녀의 어깨 위에 앉았네. "새로운 친구랍니다." 그렇게 말하며 그녀는 자기 손 위에 카나리아가 앉도록 했다네. "아이들에게 선물로 주려고 데려왔답니다. 너무 귀여워요! 보세요! 내가 빵을 주면 날개를 파닥이며 빵을 콕콕 쪼아 먹어요. 나에게 뽀뽀도 한답니다. 보세요!"

그녀가 카나리아를 향해 입을 내밀자 새는 귀엽게도 그녀의 달콤한 입술에 작은 부리를 갖다대었다네. 마치 본인이 누리는 커다란 행복을 즐기는 것처럼 말이지.

"당신에게도 입을 맞출 거예요." 이렇게 말하며 그녀는 나에게 새를 건네주었다네. 그 작은 부리가 그녀의 입술에서 내 입술로 향했어. 앙증맞은 카나리아가 내 입술을 부리로 쪼아댈 때의 촉감은 마치 사랑의 숨결이나 앞으로 다가올 기쁨의 예감과도 같았지.

"이 키스는 말이죠." 내가 말했어. "쉽게 알 수 없는 욕망이 느껴지네요. 먹잇감을 찾다가 공허한 애무에 만족하지 못하고 돌아서는 것 같아요."

"제가 입으로 주는 것도 잘 먹어요." 그녀가 말했어. 그리고 그녀는 입술에 작은 빵 조각을 물어 그 새에게 내밀었다네. 공감에서 우러나오는 천진난만한 사랑의 기쁨이 환한 미소를 만들어냈다네.

나는 고개를 돌려버렸네. 그녀는 그렇게 행동하지 말아

야 했어. 그런 천사같이 순수하고 행복한 모습으로 나의 상상력을 자극하여 삶에 대한 무관심이 잘 잠재워둔 나의 마음을 흔들어 깨우지 말아야 했다네. 그러나 왜 그러면 안 된단 말인가? 그녀는 이렇게나 나를 신뢰하는데! 내가 얼마나 그녀를 사랑하는지도 알고 있는데 말일세!

<u>9월 15일</u>

빌헬름, 이 세상에 존재하는 것들 중 아직 가치가 있는 몇 안 되는 것들을 알아보지도, 느낄 줄도 모르는 인간들이 존재한다는 사실은 나를 정말 미치게 만든다네.

자네는 지난번 내가 S마을의 존경받던 노목사를 찾아가 로테와 내가 함께 앉았던 호두나무를 기억하고 있겠지. 장엄한 호두나무들은 나의 영혼을 얼마나 큰 기쁨으로 채워주었는지 신께서도 아신다네. 그 나무들이 목사관 정원을 얼마나 아늑하고 또 시원하게 만들어주었는지! 가지들은 얼마나 멋지게 뻗어 있었던가! 게다가 추억은 오래전 그 나무를 심었던 성스러운 영혼들에게까지 닿아 있었어. 학교 선생님은 자신의 할아버지에게 전해 들었다는 이름을 종종 우리에게 이야기해주었다네. 그분은 아주 용감했던 사람으로 나는 그 나무 아래에서 그분의 모습을 상상해보는 것만으로도 거룩한 느낌이 들곤 했어.

어제 우리가 거기에 대해 이야기를 나누자 선생님의 눈에는 눈물이 고였다네. 호두나무가 베어졌기 때문이지. 나역시 미칠 지경이었다네. 그 나무에 처음 도끼를 휘두른 개만도 못한 자식을 당장 죽여버리고 싶었어. 집 정원에 가득한 여러 나무 중 한 그루가 늙어 죽는다고 해도 슬픔을 느낄 내가 그걸 바라보고만 있어야 한다니. 사랑하는 친구, 그리고 어떤 사건 하나가 일어났다네. 인간의 감정이란! 마을 전체가 분노하고 있어서, 내 희망하건대 목사 부인은 버터나 계란 같은 헌금물이 확 줄어드는 것을 보고 자신이 이 동네에 어떤 상처를 입혔는지 알았으면 좋겠네. 왜냐하면 새로 온 목사(우리의 노목사님은 돌아가셨다네)의 부인이 그 나무를 베어버린 주범이라네. 그녀는 야위고 병색이 짙은 사람인데, 어느 누구도 그녀에게 관심이 없어서인지 그녀도 아무에게도 관심을 주지 않는다네. 그 어리석은 여인은 고상한 척하며 성서를 공부하고, 새로 유행하는 기독교에 대한 도덕 비판적인 개혁운동에 관여하여 라바터*의 광신주의를 업신여기기도 하다 건강이 완전히 나빠져 신이 주신이 세상의 어떤 기쁨도 전혀 느끼지 못하게 된 것이네. 그런인간이었으니 나의 호두나무를 베어버리는 일도 가능했던것이지. 그러나 나는 도저히 이해할 수가 없네! 생각해보

*   Johann Kaspar Lavater, 스위스의 신학자.

게. 떨어지는 나뭇잎이 집 정원을 지저분하고 축축하게 만들고 가지가 햇빛을 가린다는군. 그리고 호두가 익으면 열매를 따려고 꼬마들이 돌을 던져 그녀의 신경을 거슬리게 만들어서 케니코트,* 젬러,** 미하엘리스*** 등을 비교 연구하려는 그녀의 깊은 사색을 방해한다는군. 나는 그 동네의 사람들, 특히 노인들이 불만스러워하는 것을 보고 물었다네.

"왜 그걸 지켜보기만 하셨나요?"

"면장이 하려고 하는 일은 여기서는 어쩔 수가 없다네." 그들이 이야기했어. "우리가 어떻게 할 수 있었겠나?"

그러나 기어이 일이 벌어졌지. 면장과 늘 그에게 도움이 되지 않는 자신의 아내에게 진저리가 난 목사가 서로 짜고 그 나무를 판 돈을 나누기로 한 것이지. 그러나 산림청에서 그 사실을 접하고 '이리로 가져오라!'고 호통을 쳤지. 그 목사관에서 나무가 서 있는 땅은 산림청 소유였기 때문이지. 산림청은 그 호두나무를 최고 입찰자에게 팔았어. 그렇게 나무들은 사라졌다네! 오, 내가 영주였다면! 나는 그 목사 부인과 면장 그리고 산림청을……. 영주! 그래, 만약 내가 영주였다면 내 영지에 있는 나무에 신경이나 썼겠나!

*   Benjamin Kennicott, 영국의 신학자.

**   Johann Salomo Semler, 독일의 신학자.

***   Johann David Michaelis, 독일의 개혁 신학자.

<u>10월 10일</u>

나는 그녀의 검은 눈동자를 바라보기만 해도 벌써 행복하다네! 그런데 알베르트가—자신이 생각했던 만큼—또 내가 그럴 것이라 믿었던 만큼—그렇게 행복해 보이지 않는다는 것에 화가 난다네. 나는 이런 줄표 따위를 쓰고 싶지 않지만 여기서는 어떻게 달리 표현할 방법이 없네. 이렇게 해야 충분히 분명하게 표현할 수 있었어.

<u>10월 12일</u>

오시안이 내 마음속에서 호메로스를 몰아냈다네. 이 얼마나 웅장한 세계로 나를 이끄는지! 오시안은 자욱한 안개와 어스름한 달빛 속에서 조상들의 영혼을 이끌고 가는 폭풍 소리가 휘몰아치는 광야를 방황한다네. 숲을 가로지르는 시냇물이 굽이치는 소리에 반쯤 묻힌 희미한 혼령들의 신음이 동굴에서 들려온다네. 이끼와 풀로 뒤덮인, 고귀한 죽음을 맞은 사랑하는 사람이 잠든 네 개의 묘석 주위에는 슬픔에 울부짖으며 애통해하는 소녀의 통곡이 들려오기도 하지. 그런가 하면 드넓은 황야에서 선조들의 발자취를 찾아 헤매다가 마침내 선조들의 묘석을 찾아낸 백발이 무성한 음유 시인이 눈앞에 나타나기도 해. 그는 파도치는 드넓은

바다 저편으로 몸을 숨기는 정겨운 저녁별을 하염없이 근심스럽게 바라보기도 한다네. 영웅의 마음속에서 옛 시절들이 생생하게 되살아나니, 따뜻한 햇살은 위험한 길을 떠나는 용사들의 앞길을 밝혀주고, 달빛은 승리의 화환에 뒤덮여 귀환하는 배를 비추어주던 시절이지. 내가 만일 그의 이마에 새겨진 짙은 고통을 읽는다면. 그러나 홀로 남은 영웅은 기진맥진한 채 무덤을 향해 비틀대며 걸어갈 뿐이고, 그러다 앞서 세상을 뜬 자들의 맥없이 다가오는 혼령을 만나면 또다시 벅차오르는 기쁨을 들이마신다네. 그런 다음 차가운 대지와 바람에 휘날리는 키 큰 수풀을 내려다보며 이렇게 외치겠지!

"나그네는 오거라. 아름답던 나의 모습을 기억하는 그 나그네는 와서 물으리라. '핑갈의 훌륭한 아들, 그 음유시인은 어디에 있는가?' 그의 발자국은 나의 무덤을 넘어 지나갈 것이며, 아무리 이 땅에서 나를 찾으려 해도 소용이 없을 것이다."

오, 친구여! 나는 당장 이 숭고한 용사처럼 검을 뽑아 들고 서서히 죽어가는 미칠 듯이 가혹한 고통으로부터 오시안을 단숨에 해방시켜주고 싶네. 그리고 나의 영혼 역시 해방된 그 반신(半神)을 따라 저승으로 가고 싶다네.

10월 19일

아, 이 공허함! 내 가슴에서 느껴지는 이 지독한 공허함! 나
는 단 한 번만, 정말 단 한 번만이라도 심장으로 그녀를 안
을 수만 있다면, 이 공허함이 완전히 채워지리라는 생각을
자주 하곤 한다네.

10월 26일

그래, 나는 확신이 든다네. 사랑하는 친구, 확신은 점점 확
고해져. 한 생명이라는 존재는 정말 하찮고 또 하찮은 것이
라네. 로테에게 친구가 방문했다네. 나는 책을 가지러 옆방
으로 갔다가 도저히 책을 읽을 수가 없어 무언가를 써보려
펜을 들었다네. 그때 두 사람의 조용한 대화 소리를 들었어.
그녀들은 잡다한 소식들과 마을의 새로운 소식에 대해 이
야기를 하더군. 누가 결혼을 하고, 누구는 아프고, 누구는
정말 큰 병에 걸렸다는 것들 말이지.
　“그녀는 마른기침을 하는데 얼굴은 피골이 상접한 데다
가끔 실신도 한대. 살날이 얼마 남지 않은 것 같아.” 친구가
말했지.
　“N씨 있잖아, N씨도 상태가 안 좋대.” 로테가 말했어.
　“몸이 몹시 부었다면서.” 친구가 말했어.

나의 생생한 상상력은 나를 그 가여운 사람들의 병상으로 이끌었다네. 나는 그들이 그들의 인생과 이별하는 것을 얼마나 애통해하는지 보았어. 얼마나 힘들어하는지. 빌헬름! 그러나 우리의 아가씨들은 마치 모르는 사람이 죽어가는 것처럼 이야기를 나누더군. 나는 방을 둘러보았어. 로테의 옷가지와 알베르트의 서류, 친숙해져버린 가구들과 잉크병마저 눈에 들어오더군. 그리고 나는 생각했어. 네가 과연 이 집에서 어떤 존재인지를 보라! 너의 두 친구는 너를 높게 평가하지. 너는 자주 그들에게 즐거움을 주고, 너 역시 그들이 없다면 스스로도 존재하지 못할 것이라 느끼고 있어. 그런데 네가 그들을 떠난다면? 이 모든 친숙한 것들과 이별하게 된다면? 그들은 너의 부재로 말미암아 운명 속에 생긴 공허함을 얼마나 오랫동안 느끼게 될까? 대체 얼마나 오랫동안? 아, 인간은 이렇게나 덧없는 존재라네. 자신의 존재가 아주 확실한 곳에서조차, 자신의 존재를 진실하고도 유일하게 심어줄 수 있는 곳에서조차 인간은 사라져야 하는 법이야. 그래, 사랑하는 사람들의 기억과 마음속에서 흔적도 없이 소멸해버리지 않으면 안 되는 것이라네. 그것도 순식간에!

10월 27일

인간관계가 이렇게나 냉정하고, 서로 통할 수 있는 사람이 거의 없다는 걸 생각할 때면 종종 나는 가슴을 찢어버리고 머리를 쑤셔버리고 싶어진다네. 사랑도, 기쁨도, 우정과 즐거움도 내가 먼저 남에게 베풀지 않는다면 상대방도 그것들을 나에게 주지 않지. 그리고 내 마음이 아무리 행복으로 가득 차 있더라도 내 앞에 서 있는 그 사람이 냉정하고 무관심하다면 나는 그 사람을 행복하게 해줄 수 없다네.

10월 27일 저녁

나는 이렇게나 많은 것을 가졌지만 그녀를 향한 그리움이 모든 것을 삼켜버려. 나는 이렇게나 많은 것을 가지고 있지만 그녀가 없으면 아무것도 없는 것이나 마찬가지네.

10월 30일

나는 이미 수백 번도 더 그녀의 목덜미를 끌어안으려 했다네! 그토록 사랑스러운 여인이 눈앞에 어른거리는 것을 보면서도 잡을 수 없는 사람의 마음은 오직 신만이 아실 거라네. 손을 내밀어 무언가를 잡는 것은 우리 인간의 아주 자연스러운 본능이 아니던가. 어린아이들은 마음에 드는 것이 있으면 무엇이든 붙잡지 않는가? 그런데 나는?

11월 3일

신이시여! 나는 종종 다시는 깨어나지 않게 되기를 바라면서 잠자리에 들곤 한다네. 그러다 아침에 눈을 뜨고 태양을 바라보면 비참한 기분이 들어. 차라리 변덕스러운 내 마음이 모든 것을 날씨 탓으로 돌리거나, 아니면 다른 사람을 탓하거나 계획에 실패한 것이라 할 수 있다면, 내 마음속 이견딜 수 없는 고통을 반으로 덜 수 있을 텐데. 나는 모든 잘못이 내게 있음을 아주 잘 느끼고 있다네. 잘못이 아니지! 그러나 지난날 내 모든 행복이 그러했듯이, 내 모든 슬픔의 근원 역시 내 마음속 깊은 곳에 있음은 분명한 사실이야. 나는 여전히 그대로이지 않는가. 그러나 그 마음은 이제 죽어버렸다네. 이 마음에서는 더 이상 온 세상을 넘치는 사랑으로 보듬으려는 기쁨도 흘러나오지 않고, 충만한 감정으로 걸음걸이마다 낙원이 뒤따라 열리지도 않고, 나의 눈은 이제 메말라버렸을 뿐이라네. 그런 마음이 이제 생명을 다했기에 더 이상 기쁨이 샘솟지 않는다네. 이젠 마음에 생기를 불어넣어 주는 눈물로도 원기를 되찾지 못하는 나의 감각은 불안스레 내 이마만을 찡그리게 만들 뿐이라네. 내가 지금 얼마나 괴로운지 아는가. 내 생의 유일한 기쁨, 내 수위에 새로운 세계들을 만들어주던 그 성스러운 생명력을 잃어버렸기 때문이라네. 그 힘이 사라져버렸어! 창가에 서면 산등성이를 바라보고 있노라면 산마루에 올라앉은 아침 해가 안개를 젖히며 조용한 초원을 비추고, 유유히 흐르는 강물은 버드나무 사이를 헤치며 나를 향해 다가온다네. 오! 이 멋진 자연도 내 눈앞에서는 마치 에나멜을 칠한 조그마한 그림처럼 굳은 모습으로 서 있을 뿐이라네. 이 모든 기쁨도 나의 마음에서 내 뇌 속으로 단 한 방울의 행복조차 길어 올리지 못한다네! 마치 바짝 말라버린 샘물처럼, 깨져버린 항아리처럼 이 사지 멀쩡한 몸뚱이는 하느님 앞에 서 있는 꼴이라네. 나는 종종 바닥에 몸을 던지고 눈물을 흘릴 수 있게 해달라고 빌었네. 머리 위의 하늘이 청동 빛을 띠고, 주위의 온 대지가 메말라 죽어갈 때 비를 갈구하는 농부가 애원하듯이 말일세.

아, 그러나 나는 우리가 아무리 처절히 애원하더라도 하느님은 비와 햇빛을 내려주지 않으리라는 것을 느낀다네. 지금은 머릿속에 떠올리기만 해도 고통스러운 그 시절은 왜 그리도 성스러우리만큼 행복했을까. 그것은 내가 하느님의 성령을 참을성 있게 기다렸기 때문이고, 또 하느님이 내게 내려주는 기쁨을 온 마음으로 감사하게 받아들였기 때문 아닐까.

<u>11월 8일</u>

로테는 나의 무절제함을 나무랐어! 아, 너무나도 다정스럽게 말이지! 나의 무절제함은, 한 잔으로 시작한 포도주가 종종 한 병을 다 비워버리는 것이라네. "그러지 마세요!" 그녀가 말했어. "로테를 생각해서라도요!"

"당신을 생각하라고요?" 내가 말했지. "나한테 그렇게 말할 필요가 있을까요? 나야 물론 당신을 생각하지요! 아니 생각하지 않아요! 당신은 늘 제 영혼 앞에 있으니 말이죠. 나는 오늘도 당신이 예전에 마차에서 내렸던 그 자리에 앉아 있었어요."

그녀는 내가 더 이상 그 이야기를 깊게 하지 않도록 다른 이야기로 화제를 돌렸다네. 사랑하는 친구! 나는 이렇다네! 그녀는 그녀가 원하는 대로 나를 마음대로 할 수 있어.

<u>11월 15일</u>

빌헬름, 정말 감사하네. 이렇게나 내 일에 진심으로 신경을 써주고 좋은 조언까지 해주니 말일세. 그러나 너무 신경 쓰지는 말게. 그냥 내가 이겨내도록 봐주게. 나는 지금 몹시 지쳐 있기는 하지만 헤쳐 나갈 힘은 아직 충분해. 자네도 알다시피 나는 종교를 존중하지. 종교가 지친 사람들에게는

지팡이가 되어주고, 고통스럽게 죽어가는 사람들에게는 소생할 힘을 준다는 것도 잘 알고 있어. 그런데 종교가 모든 사람에게 그렇게 할 수 있고, 또 그래야만 하는 걸까? 이 넓은 세상을 생각해보면 설교를 들었든 듣지 못했든 상관없이 종교의 영향을 받지 않았고, 또 앞으로도 그런 영향을 받지 못할 수많은 사람들을 보게 될 것일세. 그런데 나한테 반드시 그렇게 해주리라는 보장이 있겠는가? 하느님의 아들은 자기 주변의 사람들을 그의 아버지인 하느님이 보내주신 이들이라고 스스로 말하지 않았던가? 그런데 내가 만약 그에게 보내진 사람이 아니라면? 내 마음이 그렇게 전하듯 하느님이 나를 당신 곁에 붙들어두려 하신다면? 부디 이 말을 오해해서 받아들이지는 말게나. 이 사심 없는 말 속에 조롱이 들어 있다고는 생각하지 말란 말이네. 이는 단지 내 심정을 그대로 드러내 보여주는 것뿐일세. 그렇지 않았다면 나는 그냥 가만히 있으며 입을 열지 않았을 것이네. 나 역시 다른 사람들과 마찬가지로 아는 것이 별로 없는 문제에 대해서는 가급적이면 말을 아끼고 싶네. 자기에게 주어진 한계를 견디면서 자신의 잔을 끝까지 비우는 것이 인간의 운명이 아니겠는가? 인간으로 태어난 하늘에 계신 하느님의 입술에도 그 잔이 쓰디쓴 것이라면, 왜 굳이 내가 허세를 부려가며 달콤한 척 마셔야겠는가? 나의 존재가 삶과 죽음의 갈림길에서 몸부림을 치고, 과거는 깜깜한 미래의 절벽 위에서 번갯불처럼 번쩍이는데. 그리고 나를 둘러싼 모든 것이 가라앉아 나와 함께 세계가 멸망하는 이 끔찍한 순간에 왜 내가 무엇 때문에 주저하고 수치스러워해야 하는가? '나의 하느님! 나의 하느님! 어찌하여 저를 버리시나이까?' 이 것은 속수무책으로 추락해가는 상황에서 아무리 기어오르려고 애를 써도 그것이 헛된 수고가 되어버리는 깊은 내면의 계곡에 빠진 채 울부짖는 궁지에 몰린 인간의 목소리가 아닌가? 그리고 그렇게 내뱉은 말을 도대체 내가 왜 부끄러워해야 한다는 것인가? 하늘을 장막처럼 둘둘 말아버리는 분조차 피하지 못했던 순간을 왜 내가 두려워해야 하는가?

11월 21일

로테는 알지도 느끼지도 못하는 사이에 자신과 나를 파멸시킬 독약을 스스로 준비하고 있다네. 그런데도 나는 그녀가 나의 죽음을 위하여 내미는 술잔을 서슴없이, 오히려 즐거워하며 받아 마신다네. 그녀가 나에게 자주, 아니 자주는 아니지만 종종 보내는 그 다정한 눈빛, 나도 모르는 사이 기분 내키는 대로 아무 표정이나 지어도 그걸 받아 줄 때의 그녀의 배려심, 그리고 내 슬픔에 대한 연민이 드러나는 그녀의 얼굴빛은 대체 무엇을 의미하는 것인지!

어제 내가 떠나려고 하자 로테는 나에게 손을 내밀며 말했네, "잘 가요, 사랑하는 베르테르!" 처음이었어. 그녀가 나에게 '사랑하는'이라고 한 것은. 그 말이 내 뼈에 사무쳤어. 나는 이 말을 수백 번도 더 되뇌어보았네. 어젯밤 잠자리에 들 때도 혼잣말을 중얼거리다 마지막에 "잘 자요, 사랑하는 베르테르!"라는 말이 튀어나와 혼자 웃고 말았다네.

11월 22일

나는 이렇게 기도를 할 수 없네. "그녀를 나에게서 멀어지게 해주세요!" 가끔 그녀가 내 사람인 것 같은 생각이 들어. 그렇다고 이런 기도도 할 수는 없네. "그녀를 나에게 주십시오!" 그녀는 이미 다른 사람이 가졌으니까. 나는 지금 나 자신의 괴로움을 가지고 계속 장난을 쳐대는 꼴이라네. 이 놀이를 계속하다가는 온갖 대구들의 끝없는 기도들이 되풀이될 걸세.

11월 24일

로테는 내가 무엇을 견디고 있는지 느끼고 있다네. 오늘 그녀의 시선은 내 마음속을 꿰뚫었어. 그녀의 집에 갔더니 그녀는 혼자 있었어. 나는 아무 말도 하지 않고 그녀는 나를 그저 바라만 보았어. 나는 이제 그녀에게서 단아한 아름다움이나 뛰어난 정신의 번득임 같은 것을 보려 하지 않네. 그런 것들은 이미 사라져버렸어. 나를 바라보는 그녀의 눈길은 훨씬 매력적인 것이었다네. 거기엔 진심에서 우러나오는 관심과 더없이 감미로운 연민으로 가득 차 있었네. 왜 나는 그녀의 발치에 쓰러지면 안 되는가? 왜 그녀를 끌어안고 수천 번의 키스로 답하면 안 된단 말인가? 그녀는 피아노가 있는 곳으로 슬며시 자리를 옮겨 피아노를 연주하면서 달콤한 목소리로 속삭이듯 노래를 불렀네. 그녀의 입술이 그토록 매혹적으로 보인 것은 처음이었네. 그 입술은 피아노에서 흘러나오는 감미로운 소리를 빨아들이려는 듯 열려 있었네. 그리고 그 순결한 입에서는 나직한 반향만이 되울려 나오는 듯했어. 이 모습을 자네에게 그대로 전해줄 수만 있다면 좋으련만! 나는 더 이상 견딜 수 없는 심정이 되어 고개를 숙여 맹세했다네. '성스러운 입술이여. 하늘의 영이 감도는 저 입술에 결코 입을 맞추지 않을 것이다.' 그러나 맹세를 하면서도 포기할 수가 없네. 아! 그런 생각이 나를 둘로 쪼개어놓는 장벽처럼 내 영혼 앞에 서 있다네. 이런 행복을 얻을 수 있다면 나는 파멸해버린다 해도 죗값을 치를 것이네. 그러나 그것이 정녕 죄란 말인가?

<u>11월 26일</u>

가끔 나는 스스로에게 이렇게 말한다네. '너의 운명은 유례가 없을 정도로 이 세상에서 하나뿐이다. 다른 사람들을 행복하다고 칭송해도 좋다. 지금껏 이렇게 고통을 받은 자는 세상에 없었으니 말이지.' 그러고는 옛 시인의 시를 읽는다네. 그러면 마치 나 자신의 마음을 들여다보는 것 같다네. 나는 그토록 숱한 고통을 견뎌내야 하네! 아, 이 세상에 일찍이 나보다 더 불행한 이가 있었을까?

<u>11월 30일</u>

나는, 나는 아무래도 나 자신을 찾지 못할 것 같아! 도무지 평상심을 회복할 수가 없어! 어디를 가든 나를 당혹스럽게 하는 일만 만난다네. 오늘만 해도 그랬지! 아, 운명이란! 아, 인간이란!

　나는 점심 즈음 별로 식욕이 없어 개울을 따라 걷고 있었어. 모든 것이 황량하게 느껴지고 차갑고 축축한 저녁 바람이 산에서 불어왔어. 회색 비구름이 계곡으로 모여들었지. 그때 멀리서 초록빛 남루한 옷차림을 한 사내가 약초를 찾는 것처럼 암벽 사이를 뒤지고 다니는 것이 보였다네. 내가 다가가자 그는 발소리를 듣고 얼굴을 돌렸는데, 얼굴에 잔

잔한 슬픔이 배어 있었지만 정직하고 선량해 보이는 모습이 인상적이었다네. 검은 머리를 두 가닥으로 말아서 핀을 꽂고, 나머지는 굵게 땋아 묶어 등 뒤로 늘어뜨린 모습이었어. 그의 차림새로 보아 신분이 낮아 보여 내가 무엇을 하고 있냐고 물어보아도 기분 나쁘게 여기지 않을 것 같았지. 그래서 나는 그에게 무엇을 찾고 있냐고 물어보았다네.

"저는 말이죠." 그가 깊은 한숨을 내쉬며 대답했지. "꽃을 찾고 있어요. 그런데 한 송이도 없군요."

"꽃이 피는 때가 아니니 그렇지요." 내가 웃으며 말했지.

"꽃은 많이 있어요." 그는 내가 있는 곳으로 내려오며 말했어. "우리 집 정원에는 장미와 인동덩굴 두 종류가 있어요. 그중 하나는 아버지가 주셨는데 둘 다 잡초처럼 무성하게 자랐죠. 저는 이틀째 그 꽃을 찾아다니고 있는데 도통 눈에 띄지 않는군요. 저 바깥에도 꽃은 늘 피어 있어요. 노란 꽃, 파란 꽃, 붉은 꽃 등 가지각색의 꽃이 말이죠. 그리고 용담초 꽃도 무척 아름답습니다. 그런데 전혀 찾을 수가 없군요."

나는 이상한 기분을 느꼈다네. 그래서 슬쩍 물어보았지. "꽃은 어디에 쓰려고 하는 겁니까?"

그의 얼굴은 환하지만 묘한 웃음이 지어졌어. "다른 사람에게는 말하면 안 됩니다." 이렇게 말하며 그는 손가락을 입술에 갖다 대었다네. "나는 애인에게 꽃다발을 갖다 주기로 약속했어요."

"오, 멋진 일이군요." 내가 말했어.

"그럼요!" 그가 말했어. "그녀는 가진 게 많습니다. 그녀는 부자거든요."

"그래도 당신의 꽃다발을 좋아하겠지요." 내가 덧붙였어.

"오!" 그가 말을 이었어. "그녀는 보석과 왕관도 가지고 있어요."

"그런데 그녀의 이름은 뭔가요?"

"네덜란드 정부가 나에게 돈을 주기만 했어도!" 갑자기 그가 엉뚱한 말을 했네. "나는 다른 사람이 되었을 텐데! 그래요, 내가 지금은 이렇게 보여도 좋은 때가 있었어요. 하지만 이젠 틀렸어요. 이제 나는……." 그는 젖은 눈을 들어 하늘을 바라보았고 그것이 모든 것을 말해주었다네.

"전에는 아주 행복하셨군요?" 내가 물었어.

"다시 그 시절로 돌아가고 싶어요!" 그가 말했어. "그때는 물 속의 물고기처럼 한없이 행복하고 신이 났었죠."

"하인리히!" 그때 한 노부인이 소리치며 다가왔네. "하인리히, 어디 있었니? 사방을 찾아 헤맸잖아. 밥 먹으러 가자."

"이분이 아드님인가요?" 내가 그녀에게 다가가며 물었지.

"그래요, 내 불쌍한 아들이에요!" 그녀가 덧붙였어. "신이 나에게 무거운 십자가를 지우셨지요."

"언제 저렇게 되었습니까?" 내가 물었네.

"이렇게 조용해진 것은……." 그녀가 말했어. "겨우 반년 정도 되었어요. 정말 다행이지요. 전에는 일 년 내내 미쳐 날뛰어 정신병원에 들어가 묶인 채 지내야만 했어요. 지금은 누구에게도 해를 끼치지는 않아요. 허구한 날 자나 깨나 와이나 황제 이야기만 하지요. 원래는 착하고 온순한 아이였어요. 집안 살림도 거들어주고 글씨도 잘 썼어요. 그런데 어느 날 갑자기 우울증 증세를 보이며 지독한 열병을 앓았어요. 열병을 앓고 나자 그만 미쳐버리고 말더군요. 그리고 지금 당신이 보는 것처럼 이렇게 된 것입니다. 이런 일을 다 말씀드리자면, 선생님……."

나는 쏟아져 나오는 그녀의 말을 막으려 물었다네. "아드님이 행복하고 좋았다고 하던 시기가 있던데 그건 언제를 말하는 거죠?"

"바보 같은 녀석!" 그녀는 동정이 가득한 미소를 지으며 말했어. "한참 정신이 나가 있을 때를 말하는 거예요. 그걸 언제나 자랑 삼아 이야기하고는 해요. 정신병원에 있을 때여서 자신에 대해 아무것도 모르던 시절의 이야기지요."

그것이 벼락처럼 나를 때렸다네. 나는 그녀의 손에 약간의 돈을 쥐어주고 서둘러 그곳을 떠났지.

나는 시내를 향해 빠르게 걸으며 한바탕 소리쳤다네. 그때가 넌 행복했다고! 그때 너는 물 만난 물고기처럼 행복했다고! 하늘에 계신 신이시여! 당신은 인간의 운명을 왜 이렇게 만들어놓는 것인가요! 이성을 갖기 전이나 이성을 다시 잃어버린 후가 아니면 우리 인간이 행복을 느끼지 못하도록 말입니다. 고통 받는 자여! 하지만 나는 자네의 그 우울과 자네를 잠식해 들어가는 그 정신 착란이 오히려 부럽다네. 자네는 기대감에 잔뜩 부풀어 한겨울에도 밖으로 나가 자네의 여왕에게 바칠 꽃을 꺾으러 다니질 않는가. 꽃을 찾지 못하면 슬퍼하면서도 정작 그 이유는 모르지. 그런데 나는 아무런 기대도 희망도 목적도 없이 밖으로 나갔다가, 나갔을 때와 별 다를 것 없는 모습으로 그대로 집에 돌아온다네. 자네는 네덜란드 정부가 자네에게 돈을 지불해주었더라면 자신이 어떤 사람이 되었을지 엉뚱하게 상상하곤 하지. 자신이 행복해질 수 없는 이유를 세상의 탓으로 돌릴 줄 아는 자네는 축복받은 사람이라네! 자네는 느끼지 못하겠지. 산산이 부서진 마음속에, 자네의 부서진 정신 속에 자네의 불행이 자리하고 있음을 자네는 느끼지 못하겠지. 자네의 그 불행은 세상의 어떤 왕이라도 도와줄 수 없음을 깨닫지 못하겠지.

머나먼 샘물을 향해 여행을 떠났다가 도리어 병이 악화되어 여생을 더 고통스럽게 만든 환자들을 비웃는 인간이나, 양심의 가책에서 벗어나고 마음의 번뇌를 떨쳐버리기 위하여 그리스도의 무덤을 향해 고난의 순례를 떠나는 영혼들을 멸시하는 자는 비참한 최후를 맛보아야 하네. 아무도 간 적 없는 길을 걷다가 발바닥에 상처를 입어도 그 한 걸음 한 걸음은 괴로움에 시달리는 영혼을 위한 한 방울의 진통제가 될 걸세. 그리고 하루하루의 고행을 끝까지 견뎌낸 만큼 마음속 고통도 가라앉는다네. 그런데도 당신들이, 편한 소파에 앉아서 글이나 끼적대며 사전이나 뒤적이는 책상물림들이 감히 그것을 망상이라고 부를 텐가! 망상! 오, 하느님 당신은 이 눈물이 보이시지요! 당신은 이 세상의 모든 존재들 중 인간을 이토록 가련한 존재로 창조하시고는, 그것도 모자라 그에게서 얼마 되지 않는 가난과 당신을 향한 얼마 되지 않은 믿음마저 앗아갈 형제들까지 만들어놓으셔야 했나요! 바로 당신을 향해 품은 그의 신뢰마저도 말입니다. 만물을 사랑하는 분이시여! 나무뿌리의 치유력이나 포도즙이 지닌 효험을 신뢰하는 것은 바로 당신에 대한 신뢰입니다. 우리를 둘러싸고 있는 만물에 우리가 수시로 필요로 하는 치유와 진정의 힘을 심어놓으신 바로 당신에 대한 신뢰입니다! 내가 알지 못하는 아버지시여! 지난날에는 제 영혼을 가득 채워주시더니 지금은 제게서 얼굴을 돌려버리신 아버지시여. 저를 당신 곁으로 불러주십시오! 더 이상 침묵만 지키고 있지 마세요! 당신의 침묵은 이 목마른 영혼을 견딜 수 없게 합니다. 예기치 않게 다시 돌아온 아들이 자신의 목을 껴안으면서 이렇게 외치는데 화를 낼 인간이, 괘씸하게 여길 아버지가 있을까요?

"제가 돌아왔어요! 아버지! 아버지의 뜻에 따라 더 오래

하고 견뎌냈어야 할 여행을 중간에 멈추고 돌아왔다고 해
서 너무 노여워하지 마세요. 세상은 어디를 가나 똑같습니
다. 수고와 노동이 있어야 보수와 기쁨이 있습니다. 하지만
그런 것이 제게 무슨 의미가 있단 말입니까? 저는 이곳 아
버지 앞에서 괴로움이든 즐거움이든 함께하고 싶습니다.”
　하늘에 계신 아버지, 부디 이 아들을 물리치지 마옵소서.

<u>12월 1일</u>

빌헬름! 내가 지난번에 편지에 썼던 그 행복하고도 불행한
남자는 로테의 아버지 밑에서 일했던 서기였다네. 그 남자
를 미치게 만든 것은 로테를 향한 마음이었어. 그 사람은 그
녀를 남몰래 흠모해오다가 마침내 그 마음을 털어놓았는
데 그 바람에 직장에서 해고당했고, 급기야는 미쳐버렸던
것이지. 지금 내가 쓰는 이 간략한 몇 마디 글만으로도 내가
얼마나 큰 충격을 받았는지 알기 바라네. 알베르트는 나에
게 그 이야기를 아주 차분하게 들려주었는데, 아마 자네도
이 편지를 차분하게 읽고 있겠지.

<u>12월 4일</u>

제발 부탁이네만, 나를 이해해주게. 이제 나도 더 이상 어

쩔 수가 없네. 오늘 나는 그녀와 함께 앉아 있었네. 나는 그
저 앉아 있었고, 그녀는 피아노를 연주했지. 여러 곡을, 그
것도 자신의 모든 감정을 담아 표현력 넘치게 말일세! 정말
이지 전부! 전부를 말이야! 자네가 원하는 감정까지도 말이
야! 그녀의 어린 여동생은 내 무릎 위에 앉아 인형 옷을 입
히고 있었다네. 순간 내 눈에 눈물이 고여버렸어. 그래서 고
개를 약간 숙였어. 그러자 그녀의 결혼반지가 눈에 띄더군.
눈물은 더욱 솟구쳤지. 그런데 그때 그녀가 갑자기 달콤하
기 그지없는 옛 멜로디를 연주하기 시작했다네. 아주 갑자
기 말이야. 내 마음속에 위안과 지난날의 추억이 가득 차올
랐다네. 이 노래를 즐겨 들었던 그때의 기억들, 로테의 곁을
떠나 우울하고 어두컴컴했던 날들에 대한 생각, 그리고 결
국 빗나가버린 나의 희망의 기억들 말일세. 나는 방 안을 이
리저리 서성였지만 내 마음은 밀려오는 격렬한 감정 때문
에 숨이 막힐 지경이었네. "제발 부탁입니다." 나는 솟구치
는 감정을 억누르지 못하고 그녀에게 달려가며 말했어. "제
발 부탁이니 멈추어주시오!"

　그녀는 연주를 멈추고 내 얼굴을 한참이나 바라보았다
네. "베르테르." 그녀는 미소를 지어 보이며 나에게 말했어.
그 미소는 내 영혼을 꿰뚫어 보듯 내 영혼 깊숙한 곳까지 스
며들었네. "베르테르, 당신 몸이 너무 안 좋아 보여요. 평소
에 그렇게도 좋아하던 곡인데 말이죠. 당신 요즘 좋아하는

음식도 잘 소화하지 못하잖아요, 그만 집으로 돌아가는 게
좋겠어요! 부탁이에요. 제발 안정을 취하도록 하세요.” 나
는 그녀의 손을 뿌리치고 나왔다네. 신이시여! 내 고통을
모두 보고 계신다면 제발 이제는 끝내주십시오!

12월 6일

그녀의 모습은 늘 나를 따라다닌다네! 내가 깨어 있거나 꿈
꾸고 있을 때나 그녀는 내 모든 영혼을 가득 채우고 있어.
두 눈을 감으면 바로 여기 내 이마, 내면의 눈동자가 눈을
뜨는 이곳에 그녀의 검은 눈동자가 어른거린다네. 바로 여
기! 그걸 어떻게 설명해야 할지 모르겠군. 내가 눈을 감는
순간 그녀의 모습이 나타난다네. 마치 바다처럼, 심연과도
같은 그녀의 눈동자는 내 앞에, 내 안에 자리를 잡고 나의
머릿속을 가득 채워버린다네.

　반은 신인 인간은 대체 어떤 존재일까! 가장 많은 힘을 써
야 할 순간에 정작 쓸 수 있는 힘이 남아 있지 않으니 이건
도대체 무슨 경우란 말인가? 날아갈 듯 기쁨에 겨울 때든,
슬픔에 깊이 잠겨 있을 때든 인간은 그 감정을 충실히 참아
내질 못한다네. 무한한 충만함 속으로 한껏 녹아들어 가기
를 갈망하는 그 순간에도 인간이란 발목이 잡혀 차디찬 의
식 속으로 다시 끌려오지 않는가.

엮은이가 독자에게

나는 우리의 친구 베르테르의 중요한 마지막 며칠과 관련해 본인이 직접 작성한 유고들이 가능한 한 많이 남아 있기를 얼마나 바랐는지 모릅니다. 나의 설명이 중간에 들어가 그가 남긴 편지가 끊기는 일을 피하고 싶었기 때문입니다.

나는 그의 개인적 신상을 잘 알 만한 사람들을 직접 만나 그들의 입을 통해 정확한 정보를 수집하려고 노력했습니다. 그 일은 간단했고, 몇몇 세부적인 내용을 제외하고는 거의 모든 이야기가 일치했습니다. 단지 관련된 사람들의 성향에 대해서만큼은 의견이 서로 달랐고, 그 평가도 전부 제각각이었습니다.

결국 우리가 할 수 있는 방법은 지금까지 힘들게 알게 된 사실을 솔직하게 서술하고, 그 사이사이에 고인이 남긴 편지 전부를 첨부하는 것입니다. 또 아무리 사소한 쪽지라도 발견한 것은 단 하나라도 소홀하게 대하지 않는 것뿐입니다. 특히 비범한 사람의 경우 아무리 단순한 행동일지라도 그 행동의 본질적이고 진실한 동기를 찾아내기는 매우 어려운 일이기 때문에 더욱 그러지 않을 수 없습니다.

불만과 슬픔이 베르테르의 가슴속에 점점 깊이 뿌리를 내리고 단단하게 얽히면서 그의 존재 전체를 사로잡고 말았습니다. 결국 그의 정신적 조화는 완전히 깨어지고, 마음속의 흥분과 격정은 그가 가진 본성의 모든 힘을 뒤죽박죽 엉망으로 만들어버려 가장 최악의 결과를 낳았습니다. 결국 그는 일종의 허탈하고 공허한 상태가 되었습니다. 그는 그 상태에서 빠져나오기 위해 과거 그 어떠한 불행과 싸웠을 때보다 큰 노력을 쏟아야만 했습니다. 하지만 그의 마음속에 자리한 불안감이 그의 정신적인 힘이었던 활력과 예리한 통찰력을 잠식해버렸기 때문에 그는 다른 사람과 같이 있을 때에도 우울하고 점점 불행한 사람이 되어갔으며, 그렇게 점점 불행해질수록 다른 사람에게 고집을 부리고 점점 잘못된 행동을 하게 되었습니다. 적어도 알베르트의 친구들은 그렇게 말하고 있습니다. 그들은 알베르트가 순수하고 조용한 성격의 사람이며, 오랫동안 원하던 행복을 마침내 손에 쥐게 되어 그 행복을 앞으로도 잘 간직해 나가려 노력하는 사람이었다고 말합니다. 하지만 베르테르는 말하자면 낮에는 재산을 탕진하고 저녁이면 고통과 굶주림에 괴로워하는 형상이라서 알베르트를 제대로 평가하지 못했다고 말합니다. 그들은 알베르트는 그처럼 짧은 시간에 변할 사람이 아니며, 베르테르가 그를 처음 만났을 때 그대로 존경하고 높이 평가했던 그 모습 그대로라고 했습니다. 알베르트는 로테를 그 누구보다 사랑했고 그녀를 자랑스러워했으며, 그녀가 모든 사람에게 가장 훌륭한 여인으로 인정받기를 원했다는 것입니다. 그러니 알베르트가 조금의 의혹이라도 피하고 싶어했다고 해서, 그런 의혹이 걱정되어 아주 단순한 방법이지만 그의 가장 소중한 보물을 그 어

느 누구와도 나누려 하지 않았다고 해서 그를 나쁘게 생각
할 수 있습니까? 또한 알베르트의 친구들은 베르테르가 로
테를 찾을 때면 종종 그녀의 방에서 나와버리고는 했다는
사실을 인정했습니다. 하지만 그의 친구 베르테르에 대한
반발심이나 증오심 때문이 아니라, 자신이 그 자리에 함께
있으면 베르테르가 불편해한다는 사실을 알았기 때문이라
는 것입니다.

로테의 아버지는 건강이 나빠져 집에서만 지내야 했기
때문에 그는 마차를 보내 로테를 불렀습니다. 그녀는 마차
를 타고 아버지에게 갔습니다. 엄청나게 내린 첫눈이 온 마
을을 뒤덮은 아름다운 겨울날이었습니다.

베르테르는 그다음 날 아침 그녀에게 갔습니다. 만약 알
베르트가 로테를 데리러 가지 않으면 그가 그녀를 데리고
올 작정이었습니다.

맑은 날씨도 베르테르의 우울한 기분을 밝게 만들지는
못했습니다. 억눌린 가슴은 묵직하고 답답했고, 슬픈 그림
자 같은 것이 자리를 잡고 있었습니다. 그의 생각은 계속 괴
로운 생각에서 또 다른 고통스러운 생각으로 옮겨갈 뿐이
었습니다.

항상 자신과 불화하며 살아온 베르테르의 눈에는 다른
사람의 인생 역시 불안정하고 매우 혼란스럽게만 느꼈습니
다. 그는 알베르트와 로테의 아름다운 관계를 자신이 망쳤

다고 생각해 스스로를 자책하고 있었습니다. 그러나 그러
한 자책 속에는 그녀의 남편 알베르트에 대한 은밀한 반감
도 섞여 있었습니다.

 길을 가는 중에도 그는 온통 이 문제에 빠져 있었습니다.
"그래, 그렇지." 그는 남몰래 이를 갈면서 혼잣말을 했습니
다. "그렇지, 이것이 다정하고 친절하며 그 어떠한 일도 털
어놓고 지내는 성실한 애정이라는 말이지! 안정적이고 영
원한 믿음이라고! 아니지, 그건 권태와 무관심일 뿐이야!
그는 소중하고 아름다운 자신의 아내보다 보잘것없이 사소
하고 하찮은 일에 더 마음이 쏠려 있지 않는가? 그는 자신
의 행복을 제대로 평가할 수나 있는가? 그녀의 가치에 걸맞
게 그녀를 존중할 수나 있는가? 그런데도 그는 그녀를 가지
고 있어. 그래, 그녀는 그의 소유지. 말하지 않아도 잘 아는
사실이야. 나도 이미 익숙해진 사실이라고 생각해. 하지만
그 생각이 나를 죽일 것만 같아. 도대체 그는 왜 아직도 나
에게 우정을 느낀단 말인가? 그는 내가 로테에게 보이는 애
정을 보고 자신의 권리를 침해한다고 생각하고, 그녀에 대
한 나의 관심을 자신을 향한 암묵적인 비난이라고 여기지
는 않을까? 나는 그렇다는 것을 알고 있어. 다 느끼고 있지.
그는 나를 만나는 것을 좋아하지 않아. 내가 멀리 떠나기를
바라는 거지. 내가 여기 있는 것 자체가 그는 마음에 안 들
테지."

베르테르는 빠르게 걷던 걸음을 몇 번이고 멈추고 서 있기도 했는데, 그 모양이 다시 발길을 돌려 오던 길을 되돌아가려고 하는 것 같기도 했습니다. 하지만 그는 그때마다 다시 발걸음을 앞으로 내디뎠고, 생각에 잠겨 혼잣말을 하기도 하다가 어느덧 사냥터 별장에 도착하게 된 것입니다.

그는 현관으로 들어서면서 로테의 아버지와 로테의 안부를 물었는데, 어딘가 모르게 집안 분위기가 좀 소란스럽게 느껴졌습니다. 맏아들의 말을 들어보니 저쪽 발하임에서 불상사가 생겼는데 농부 하나가 맞아 죽었다는 것이었습니다! 그러나 그 말은 베르테르에게 별다른 감흥을 주지 못했습니다. 그가 방에 들어섰을 때 로테가 노인을 열심히 설득하느라 애를 쓰는 것이 베르테르의 눈에 보였습니다. 노인은 몸이 좋지 않은데도 사건을 조사하기 위해 직접 현장에 가겠다고 고집을 부리고 있었습니다. 범인이 누군지는 아직 밝혀지지 않았고, 살해당한 사람은 그날 아침 집 대문에서 발견되었습니다. 죽은 사람은 어느 미망인의 하인이었습니다. 그 미망인은 전에 다른 하인을 고용했다가 해고했는데, 그가 불만을 품고 집을 나갔다는 등 여러 추측이 있었습니다.

베르테르는 그 이야기를 듣자마자 자리에서 벌떡 일어났습니다. "그럴 수가!" 그는 외쳤습니다. "그곳에 가봐야겠습니다. 지금 바로! 조금도 지체할 수 없군요!" 베르테르는 발하인으로 급히 떠났습니다. 모든 기억들이 생생하게 되살아났습니다. 베르테르는 그동안 여러 번 이야기를 나누고 친하게 느꼈던 바로 그 젊은이가 범행을 저질렀음을 조금도 의심하지 않았습니다.

시신이 있는 주점으로 가려면 보리수나무가 있는 곳을 지나야 했습니다. 이전에 그렇게 좋았던 그 장소가 이제는 낯설고 무섭게 느껴졌습니다. 근처 아이들이 자주 놀던 문지방은 피로 물들어 있었습니다. 인간의 가장 아름다운 감정이라 할 수 있는 사랑과 신뢰가 폭력과 살인으로 변해버린 것입니다. 무성했던 보리수나무는 나뭇잎이 다 떨어진 채 서리에 덮여 있었고, 교회의 나지막한 돌담 위를 뒤덮으며 무성하게 우거졌던 아름다운 생울타리의 잎도 모두 져버려 그 틈 사이로 눈에 덮인 묘비들이 들여다보였습니다.

온 마을 사람들이 모여 있는 주점 앞으로 다가가자 갑자기 비명소리가 들리며 큰 소동이 벌어졌습니다. 멀리서 무장한 사람들 한 무리가 보였습니다. 범인을 잡아서 끌고 오고 있다고 소리치고 있었습니다. 베르테르가 그쪽을 바라보니 모든 것은 더 이상 의심의 여지가 없었습니다. 그 사람은 바로 그 미망인을 열렬하게 사랑했던 하인이었습니다. 얼마 전에 베르테르가 만났던, 남몰래 분노와 절망을 마음속으로 삭이며 헤매던 바로 그 젊은이였습니다.

"도대체 무슨 짓을 한 것인가, 이 어리석은 사람아!" 베르테르가 그에게 다가가며 소리쳤습니다. 그는 베르테르를 조용히 바라보며 침묵하더니 결국 이렇게 대답했습니다. "그 누구도 그녀를 가질 수는 없어요! 그 누구도!" 젊은이는 주점 안으로 끌려 들어갔고 베르테르는 급히 그곳을 떠났습니다.

이 놀랍고 충격적인 경험이 베르테르의 마음을 송두리째 흔들어 모든 것이 엉망진창이 되어버리고 말았습니다. 그는 순간적으로나마 자신의 슬픔과 불만, 냉소적인 체념 같은 상태에서 벗어날 수 있었습니다. 그는 감당하기 어려울 만큼 큰 동정심을 느꼈고, 그 사람을 구해주고 싶다는 욕구에 사로잡혔습니다. 그는 그가 너무 불쌍했습니다. 그가 범인일지라도 그에게는 죄가 없다는 생각이 들었고, 그의 입장과 자신의 입장을 바꾸어 생각했기 때문에 다른 사람들도 설득할 수 있다고 믿었습니다. 그는 그 사내를 변호하고 싶었으며 열렬한 변론이 목을 통해 입술까지 터져 나왔습니다. 그는 사냥터 별장을 향해 급하게 걸어가면서도 행정관 앞에서 할 이야기를 작게 소리 내어 말해보지 않을 수 없었습니다.

베르테르가 도착했을 때 거기에는 알베르트가 와 있었습니다. 베르테르는 잠시 기분이 상했지만 곧 마음을 가라앉히고 행정관에게 열렬하게 자신의 의견을 주장했습니다. 행정관은 두세 번 고개를 내저었습니다. 베르테르가 최대한으로 동원할 수 있는 모든 정열을 쏟아붓고 자신의 온 마음을 담아 설득했지만, 쉽게 예상할 수 있듯이 행정관은 조금도 흔들리지 않았습니다. 오히려 그는 우리 친구의 말을 끝까지 듣지도 않고 강하게 반박하고, 베르테르가 살인범을 옹호하고 있다며 비난하기까지 했습니다. 행정관은 그런 식으로 하다가는 모든 법이 무용지물이 되고, 국가의 질서가 완전히 파괴될 것이라고 말했습니다. 그러면서 이런 경우에는 어떤 조치를 취하든 본인이 최고 책임자로서 모든 일을 규칙과 절차에 따라 처리해야만 한다고 했습니다.

베르테르는 그래도 물러서지 않고 그 젊은이가 도망치도록 도와주는 사람이 있더라도 부디 너그럽게 여겨달라고 간청했습니다. 하지만 행정관은 그 간청마저도 거절했습니다. 마침내 알베르트마저 그 대화에 끼어들어 늙은 행정관의 편을 들었습니다. 베르테르는 결국 물러설 수밖에 없었습니다. "절대 안 되네. 그자는 구제받을 수 없어!" 행정관의 이 말을 듣고 베르테르는 감당할 수 없는 괴로운 표정으로 길을 떠났습니다.

이 말이 그에게 얼마나 큰 충격을 주었는지는 그의 서류 뭉치에 섞여 있던 한 장의 쪽지를 보아도 알 수 있습니다. 이 쪽지는 분명히 같은 날 쓰인 것입니다.

"자네는 구원받을 수 없다, 불행한 인간아! 우리가 살아

남을 수 없다는 사실을 나는 잘 알고 있다."

알베르트가 행정관 앞에서 범인과 관련해 했던 말은 베르테르의 기분을 몹시 상하게 만들었습니다. 그 말에는 자신에 대한 반감이 들어 있다고 느꼈기 때문입니다. 그는 원래 두뇌가 명석했기 때문에 조금만 더 곰곰이 생각해보았더라면 두 사람의 이야기가 옳다는 것을 모를 리 없었겠지만, 그 사실을 고백하고 인정하면 자신의 존재에서 가장 본질적인 내면을 버리게 되지 않을까 두려웠던 것입니다.

우리는 이 일과 관련된 짧은 쪽지를 그의 서류 틈에서 찾아냈습니다. 이것은 어쩌면 알베르트와 그의 관계를 남김없이 잘 알려줄 것이라 생각합니다.

"그가 점잖고 훌륭하며 선량한 사람이라고 속으로 몇 번이고 말해보아야 다 무슨 소용이 있겠는가. 이 사실을 생각하면 내 내장이 전부 갈기갈기 끊어지는 것 같다. 나는 도저히 공정해질 수가 없다."

포근한 저녁이라 눈이 녹기 시작했기 때문에 로테는 알베르트와 함께 걸어서 돌아가기로 했습니다. 그녀는 걸으며 몇 번이나 뒤를 돌아보았는데, 베르테르가 없는 것을 아쉬워하는 것 같았습니다. 알베르트는 베르테르의 이야기를 꺼내면서 공정한 태도를 보이기는 했으니 그를 비난했습니다. 베르테르의 불행한 열정을 이야기하면서 이해하기는 하지만 가능하다면 그를 멀리하고 싶다고 말했습니다. "우리 두 사람을 위해서라도 그것이 좋다고 생각하오." 그가 말했습니다. "당신에게 부탁하겠소. 당신이 신경을 좀 써서 베르테르가 당신에 대한 태도를 바꾸도록 주의를 주시오. 그리고 그가 너무 자주 방문하는 것도 없도록 하고. 사람들이 우리를 주목하고 있어요. 벌써 여기저기서 소문이 나도는 것도 알고 있다오."

이 말을 들으며 로테는 아무 말도 하지 않았는데, 알베르트는 그녀의 침묵이 마음에 걸린 것 같았습니다. 적어도 그때부터 그는 로테에게 두 번 다시 베르테르에 관한 어떤 이야기도 하지 않았습니다. 그리고 혹 로테가 베르테르의 이야기를 하더라도 그는 대화를 중단하거나 화제를 다른 쪽으로 돌리고는 했습니다.

베르테르가 그 불쌍한 젊은이를 구하려고 온 힘을 쓴 것은 꺼지려고 가물거리는 등불이 마지막으로 타오르는 것과 같은 것이었습니다. 그 이후부터 베르테르는 한층 더 깊은 고통과 무력감에 빠지고 말았습니다. 게다가 그 젊은이가 이제 와서 범행을 완강하게 부인하는 상황이라 본인이 그 사내의 반대 증인으로 소환될지도 모른다는 소리를 듣고, 그는 거의 미쳐버릴 지경이었습니다.

지금까지의 사회생활에서 겪었던 모든 불쾌한 일, 공사관에서 있었던 화나는 일, 자신이 과거에 저지른 실수와 이제껏 참아왔지만 그의 마음을 아프게 했던 모든 일들이 주마등처럼 스쳐갔습니다. 그는 그러한 일을 겪었기 때문에 그가 어떤 일도 하지 않는 것이 당연한 듯 느꼈습니다. 그는 앞날에 대한 희망을 모두 잃었고, 다른 사람 같은 일상적 사회생활을 하려 해도 발을 붙이고 기회를 잡을 길이 없다고 여긴 것입니다. 그리하여 그는 결국 자신의 남다른 감정과 사고방식, 끝없는 열정에 모든 것을 맡기고, 사랑하는 여인과의 슬픈 관계를 단조롭게 계속 지속해 나갔습니다. 그로 인해 그녀의 안정된 삶과 마음의 평화를 해치고, 결국 아무런 목적도 목표도 없는 일에 무리하게 힘을 쏟아 자신의 정력을 모두 소모했고, 결국 점점 더 슬픈 종말을 향해 다가가고 있었던 것입니다.

베르테르가 남긴 몇 통의 편지를 소개합니다. 이것은 그의 정신적 혼란과 열정, 끝없는 몸부림과 노력, 삶의 권태 등에 대해서 가장 확실한 증거가 될 것입니다.

12월 12일

사랑하는 빌헬름, 나는 지금 악령에 쫓겨 시달리는 불쌍한 사람들이 겪고 있는 그런 상태에 있다네. 가끔 나를 괴롭히는 것은 불안도 아니고 욕망도 아니야. 내 가슴을 갈기갈기 찢어놓고 목을 조르려고 하는 것은, 내 내면에 자리 잡은 알 수 없는 미칠 듯한 충동일세. 너무 고통스러워! 정말 견딜 수가 없어! 그러면 나는 더 이상 참지 못하고 이 끔찍한 계절의 무서운 밤 풍경 속을 정처 없이 헤매곤 한다네.

어젯밤에도 나는 밖으로 나가야만 했어. 갑자기 해빙기로 접어들면서 강물이 제방 위로 범람하고 시냇물이 모두 불어나 내가 좋아하던 발하임의 아래 지역 계곡이 전부 물에 잠겼다는 말을 들었네! 밤 11시가 넘어서 집 밖으로 뛰쳐나가 바위 위에 서서 아래를 내려다보니 달빛에 빛나는 거센 물줄기가 소용돌이치며 밭과 목장, 산울타리까지 전부 삼켜버리는 광경이 보였어. 정말 끔찍한 광경이었네. 넓은 계곡은 이리저리 몰아치는 폭풍 속에서 위아래 할 것 없이 물결이 거세게 요동치는 거친 바다로 변해 있었네! 그러다 숨어 있던 달이 검은 구름 위로 얼굴을 내밀자 일렁이던 물결이 내 눈앞에서 섬뜩하리만치 엄숙한 달빛을 반사하면서 큰소리를 내며 흘러갔어. 순간 나는 왠지 모를 전율과 그리움에 몸서리쳤지! 나는 두 팔을 활짝 벌리고 심연을 향해 서서 깊은 숨을 내쉬었어. 아래로! 저 아래로! 나의 고통과 슬픔이 저 아래로 휩쓸려 떠내려가는 기쁨에 취해 나는 정신을 잃어버렸다네. 저 물결처럼 저 아래로 쏜살같이 흘러가거라! 그러나 아아! 너는 결국 네가 서 있는 땅에서 발을 떼어 이 모든 괴로움을 한번에 끝내지 못하는구나! 나는 내 생명의 시간이 아직 다하지 않았음을 느낀다네! 오, 빌헬름! 내가 얼마나 인간으로서의 내 생명을 바쳐 저 폭풍우가 되어 구름을 갈기갈기 찢어버리고, 이 두 손으로 사나운 강물을 움켜쥐고 싶었는지 모른다네! 아아! 어쩌면 이승의 감옥에 사로잡힌 이 영혼도 언젠가 그런 기쁨을 느낄 수 있지 않을까?

어느 더운 여름날 로테와 산책을 하다 잠시 앉아 쉬었던 버드나무가 있던 아늑한 곳을 찾아보려 했으나 지금은 그곳 역시 물에 잠겨 버드나무의 흔적조차 찾아볼 수 없었다네. 내 마음이 어찌나 아프던지! 오, 빌헬름! 그녀의 목장과 그녀가 사는 사냥터 별장을 둘러싼 곳은 어떻게 되었을까? 나는 생각에 잠겼다네. 우리의 정자도 저 거친 물살에 휩쓸려 모든 것이 망가져버렸겠지! 마치 감옥에 갇힌 죄수가 가축 떼와 목장, 고위 관리가 되는 꿈을 꾸는 것처럼 지난 시절의 햇살이 내 머리 위로 비쳐 들어왔다네. 나는 그 자리에 그대로 서 있었어! 나는 스스로 목숨을 끊을 각오가 되어 있었기 때문에 굳이 나 자신을 나무라지도 않았네. 나는 차라리……. 그럴 수만 있다면, 아무런 즐거움도 없는 인생이지만 꺼져가는 삶을 단 한순간이라도 더 연장하고 생활고를 조금이라도 덜기 위해 울타리에서 땔감을 모으고 이 집 저 집을 다니며 먹을 것을 구걸하는 노파처럼 이렇게 여기에 앉아 있는 것이네.

<u>12월 14일</u>

사랑하는 친구여, 도대체 어떻게 된 일일까? 나도 나 자신이 놀라울 뿐이네! 로테를 향한 나의 사랑은 더없이 성스럽고 순수하며, 그야말로 남매 간 같은 그런 사랑이 아니었던가? 이제껏 단 한 번이라도 죄스러운 소원이나 은밀한 욕망을 마음속에 품어본 적이 있었던가? 새삼 맹세하고 싶지도 않은 일일세. 그런데 이런 꿈을 꾸다니! 이렇게나 모순되는 갖가지 작용의 원인을 자신과는 관계없는 알 수 없는 힘의 탓으로 돌리려 했던 옛 사람들은 얼마나 진실했던가! 지난밤이었다네. 이 말을 입 밖으로 내는 것조차 몸이 떨리는군. 나는 그녀를 두 팔로 내 가슴에 꼭 끌어안은 채, 사랑을 속삭이는 그녀의 입술에 끝없이 뜨거운 키스를 퍼부었다네. 나의 두 눈동자는 사랑에 취한 그녀의 눈동자 속에 녹아들고 말았다네. 신이시여! 지금도 그때의 불타오르는 행복을 마음속 깊이 느끼고, 진실한 그리움으로 다시 떠올리려 한다면 정녕 저는 벌을 받아야 하는 죄를 짓는 것입니까? 로테여! 로테! 나는 이제 모든 것이 마지막에 다다른 것 같아! 감각이 혼란스럽고 정신이 혼미해진 것이 벌써 일주일이라네. 나는 판단력을 잃어 제대로 된 생각을 할 수 없고, 나의 눈에는 눈물이 가득 고여 있지. 어디를 가더라도 마음이 편하지 않아. 어디에 있더라도 아무 상관이 없어. 나는 이제

아무것도 원하는 것이 없으니 차라리 떠나버리는 것이 더 좋은 것이 아닐까 싶다네.

이런 상황에서 베르테르는 세상을 떠나려는 결심을 점점 더 굳혔습니다. 로테의 곁으로 돌아온 후 죽음에 대한 생각은 언제나 그의 마지막 희망이자 바람이었습니다. 하지만 그는 너무 성급하게 행동해서는 안 되며, 분명한 확신을 가지고 최대한 냉정하고 침착하게 마지막 발걸음을 떼어야 한다고 마음속으로 스스로에게 다짐했습니다. 그의 마지막 행동에 대한 내적 갈등과 망설임이 어느 정도였는지는 메모 한 장에서 잘 나타나고 있습니다. 그것은 아마도 빌헬름에게 보내는 편지의 첫머리인 것으로 보이는데, 날짜가 적히지 않은 채 다른 서류 뭉치 사이에서 발견되었습니다.

"내 눈앞에서 살아 숨 쉬는 그녀의 모습, 그녀의 운명, 그리고 내 운명을 향한 그녀의 연민은 다 타버린 내 마음에서 그래도 마지막 남은 눈물을 짜낸다네.

커튼을 걷어 올리고 그 안으로 걸어 들어간다! 그러면 모든 것은 그것으로 끝이야! 그런데 무엇 때문에 이렇게 머뭇거리고 망설이고 있는가? 커튼 뒤의 모습을 알 수 없어서? 아니면 두 번 다시는 돌아올 수 없어서? 우리는 확실히 알지 못하는 것에 대해서는 혼란과 암흑만 있다고 생각하는 법이라네. 그것이 우리 인간 정신의 본성이겠지."

베르테르는 이런 우울한 생각에 익숙해지고, 시간이 지날수록 더 깊이 빠져들었습니다. 결국 죽음에 대한 그의 결심은 되돌릴 수 없을 정도로 확고해지고 말았습니다. 이에 대해서는 두 가지 뜻으로도 해석되는, 그가 친구에게 쓴 모호한 편지가 잘 말해주고 있습니다.

12월 20일

고맙네, 빌헬름. 내 말을 그렇게 진실한 마음으로 받아들여주어 정말 고맙네. 그래, 물론 자네 말이 옳아. 내가 떠나는 것이 훨씬 더 좋은 일인 듯하네. 하지만 자네들한테로 돌아오라는 제안을 지금은 선뜻 받아들이기가 곤란하다네. 나는 적어도 좀 더 먼 길로 둘러가고 싶네. 그때쯤이면 결빙기가 지나고 길도 좋아질 테니 말일세. 물론 나를 데리러 오겠다는 자네의 말은 매우 기쁜 소식이지만 보름만 더 기다려주게. 그리고 자세한 소식을 담은 편지를 보낼 때까지 기다려주게나. 무엇이든 충분히 익기 전에는 성급하게 따지 않는 것이 좋다네. 시간이 보름 정도 빠르냐 늦느냐의 차이는 아주 크다네. 어머니에게는 아들을 위해 기도해달라고 전해주게. 그리고 내가 그동안 기쁘게 해드리지 못하고 너무

많은 걱정을 끼쳐드린 것에 대해 용서를 바라고 있다고 말
씀드려 주게. 기쁨을 주어야 할 사람들에게 슬픔을 주고 말
았는데, 이것 역시 어찌할 수 없는 내 운명인 것 같아. 잘 지
내게, 내 소중한 친구! 하늘의 모든 축복이 자네에게 있기
를 바라네! 잘 있게!

　그 당시 자신의 남편에 대해, 그리고 이 불행한 친구에 대
해 로테의 마음속에 어떠한 생각이 오고 갔을지는 감히 말
로 표현하기는 어렵습니다. 다만 우리가 이미 알고 있는 그
녀의 성격으로 미루어 상상해볼 뿐입니다. 또 마음이 아름
다운 여성이라면 로테의 입장이 되어 그녀의 속마음을 짐
작해보고, 또 로테의 심정에 공감할 수도 있을 것입니다. 하
지만 우리가 그녀와 똑같이 느낄 수는 없을 것입니다.
　확실하게 이야기할 수 있는 한 가지는, 로테가 베르테르
와 어느 정도 거리를 두기 위해 모든 수단을 동원해 노력하
기로 결심했다는 것입니다. 그동안 그녀가 그것을 망설였
던 것은 자신의 친구를 진심으로 아끼는 배려심 때문이었
습니다. 그녀는 그와 거리를 두는 것이 베르테르에게 얼마
나 큰 희생을 요구하는 일이며, 그에게 얼마나 힘든 일인지,
아니 거의 불가능한 일임을 잘 알고 있었습니다. 그러나 그
무렵 그녀는 확실한 태도를 취해야 할 상황에 처하고 말았
습니다. 그녀가 베르테르와의 관계를 언급하지 않았듯, 그

녀의 남편 또한 둘 사이의 관계를 전혀 언급하지 않았기 때문입니다. 그렇기 때문에 그녀는 남편을 사랑하는 자신의 마음이 남편과 비교해서 전혀 다르지 않다는 것을 행동으로 보여주어야 한다고 생각하게 되었습니다.

여기 마지막으로 삽입된 편지를 베르테르가 친구에게 쓴 날은 크리스마스 전의 일요일이었습니다. 바로 그날 저녁 그는 로테를 찾아갔습니다. 마침 그녀는 혼자 있었는데, 로테는 어린 동생들을 위해 크리스마스 선물로 마련한 장난감을 정리하느라 몹시 바빴습니다. 베르테르는 아이들이 느낄 기쁨에 대해 이야기하면서 자신의 어린 시절 이야기를 꺼냈습니다. 문이 갑자기 열리면서 초와 사탕, 사과 등으로 장식한 크리스마스트리가 나타나 하늘을 날듯 황홀해하던 시절 말입니다.

"당신도 그래야죠." 로테는 당황스러운 마음을 다정한 미소로 감추며 말했습니다. "당신도 얌전히 말을 잘 들으면 선물을 받을 수 있을 거예요. 긴 양초나 다른 것들을요."

"얌전하게 말을 잘 들으라니, 대체 무슨 말입니까?" 그가 큰소리로 말했습니다. "어떻게 하면 되나요? 어떻게 하면 그럴 수 있죠, 로테?"

"목요일 저녁이요." 그녀가 말했습니다. "크리스마스이브예요. 그날 저녁 아이들도 전부 오고, 아버지도 오시기로 했어요. 그날 모두 선물을 받을 테니 당신도 그때 오세요.

하지만 그전에 오시면 안 돼요.”

베르테르는 깜짝 놀랐습니다.

“부탁이에요, 베르테르.” 그녀가 말을 이었습니다. “언젠가 한번은 이렇게 말하지 않을 수 없어요. 제 마음을 편하게 해주세요. 이런 상태로는 안 돼요. 계속 이렇게 지낼 수는 없어요.”

베르테르는 그녀에게 눈길을 거두고 방 안을 이리저리 서성이면서 이를 갈며 혼잣말을 웅얼거렸습니다. “이렇게 지낼 수는 없다니!”

자신의 말 한마디가 베르테르를 얼마나 끔찍한 절망 속으로 몰아넣었는지 깨달은 로테는 그에게 여러 질문을 하며 그의 생각을 다른 방향으로 돌려보려 했지만 아무 소용이 없었습니다.

“아니군요, 로테.” 그가 소리쳤습니다. “나는 다시는 당신을 찾지 않겠어요!”

“왜 그런 말을 하세요?” 그녀가 덧붙였어요. “베르테르, 우리는 다시 만날 수 있고, 다시 만나야 해요. 저는 그냥 조금만 자제해달라는 거였어요. 당신은 왜 무슨 일이든 한번 시작하면 그렇게 정신을 못 차리고 끝을 보는 건가요? 왜 그렇게 격렬한 성격을 가지고 태어나신 건가요? 제발 부탁이에요.” 그녀는 그의 손을 잡으며 말을 이었습니다. “조금만 자제해주세요! 당신의 영혼과 재능이 가져다줄 많은 즐거움을 생각해보세요! 제발 사나이답게 생각하세요. 당신을 안타깝게 생각하는 것 말고는 아무것도 해줄 수 없는 저를 향한 당신의 그 슬픈 사랑을 다른 곳으로 돌려주세요.”

그는 이를 악문 채 슬픈 표정으로 그녀를 바라보았습니다. 로테는 다시 그의 손을 잡았습니다. “그저 잠시만 숨을 돌려보세요, 베르테르!” 그녀가 말했습니다. “당신은 자신을 속이면서 스스로 파멸의 길로 가고 있는 것을 느끼지 못하시나요? 베르테르, 왜 하필이면 저를, 이미 다른 사람의 여자가 된 저인가요? 저는 두려워요. 정말 두려워요. 저를 가질 수 없다는 사실이 당신의 그런 소망을 더욱 자극하는 건 아닌지 말이에요.”

그는 그녀의 손에서 자신의 손을 슬며시 빼내며 몹시 기분이 상한 듯 굳어버린 얼굴로 로테를 바라보았습니다. “현명하시군요!” 그가 외쳤습니다. “아주 현명하시군요! 혹시 알베르트가 가르침을 주었나요? 정치적이군요! 아주 정치적입니다!”

“그런 말은 누구나 할 수 있어요.” 그녀가 덧붙였어. “그리고 이 넓은 세상에 당신의 마음 속 소망을 채워줄 아가씨가 설마 단 한 명도 없을까요? 마음을 단단히 먹고 적극적으로 찾아보세요. 장담하건대 당신은 좋은 분을 분명히 찾아낼 거예요. 저는 오래전부터 막다른 상황에 스스로를 몰아넣는 당신이 늘 마음에 걸렸답니다. 이런 당신의 상황은

당신 자신이나 우리 모두에게 걱정스러울 뿐이에요. 자신
감을 가지세요. 여행이라도 다녀오면 마음이 좀 풀릴 거예
요. 당신의 마음에 꼭 드는 소중한 사람을 찾아서 돌아오세
요. 그리고 우리 진정한 친구로 우정을 나누며 행복하게 지
내도록 해요.”

“그런 말 따위는.” 그는 차갑게 웃으며 말했습니다. “인쇄
해서 모든 가정교사들에게 보라고 하면 되겠군요. 사랑하
는 로테! 그냥 조금만 이렇게 내버려둬요. 그러면 모든 것
이 좋아질 거예요.”

“알았어요, 베르테르. 하지만 크리스마스이브 전까지는
오지 마세요!”

베르테르가 대답하려는 때에 마침 알베르트가 들어왔습
니다. 그들은 서로 차갑게 저녁 인사를 나눈 후 어색한 분위
기 속에서 방 안을 이리저리 서성였습니다. 베르테르는 의
미 없는 이야기를 시작했다가 곧 중단했고, 알베르트도 마
찬가지였습니다. 그러다 알베르트는 로테에게 전에 해놓으
라고 했던 몇 가지 일은 어떻게 되었냐고 물었습니다. 그는
아직 다 끝내지 못했다는 로테의 말에 그녀에게 몇 마디 말
을 더 던졌고, 그것은 베르테르에게 너무나 차갑고 냉정하
게, 심지어 가혹하게까지 들렸습니다. 베르테르는 당장 그
자리에서 떠나고 싶었지만 여의치 않아 8시까지 그곳에서
머뭇거리고 있었습니다. 하지만 그의 불만과 불쾌감은 점

점 더 커졌습니다. 베르테르는 저녁 식사가 준비된 무렵이 되어서야 모자와 지팡이를 집어 들었습니다. 알베르트는 베르테르에게 좀 더 있다 가라고 말했지만, 이 말은 베르테르에게 겉치레에 불과한 인사말일 뿐이었습니다. 그는 냉정하게 예의를 표하고 밖으로 나왔습니다.

베르테르는 집으로 돌아왔습니다. 젊은 하인이 등불로 그의 발길을 밝혀주려 했으나 베르테르는 등불을 그의 손에서 빼앗아 들고 혼자 방으로 들어갔습니다. 그러고는 이내 큰소리로 우는가 싶더니 격분해서 혼잣말을 중얼거리기도 하고 요란하게 방 안을 왔다 갔다 하다가 나중에는 옷도 벗지 않은 채 침대 위에 쓰러졌습니다. 밤 11시쯤 용기를 낸 하인이 장화를 벗겨야 할지 물어보기 위해 조심스럽게 방으로 들어갔을 때도 베르테르는 똑같이 드러누워 있었습니다. 그는 장화를 벗기라고 했지만 다음 날 아침 자신이 따로 부르기 전까지 절대 방에 들어오지 말라고 단단히 일렀습니다.

12월 21일, 월요일 아침 일찍 베르테르는 로테에게 다음과 같은 편지를 썼습니다. 이 편지는 그가 죽은 뒤 봉인된 채로 그의 책상 위에서 발견되어 로테에게 전해졌습니다. 여러 가지 상황으로 볼 때 그는 이 편지를 드문드문 쓴 것이 분명했습니다. 그 순서에 따라 여기서도 중간 중간 삽입해

소개하겠습니다.

"나는 드디어 결심했습니다, 로테. 나는 죽으려 합니다.
나는 이 편지를 당신을 마지막으로 만나게 될 아침에 그 어
떤 낭만적 과장 없이 그저 침착하게 쓰고 있어요. 사랑하는
로테, 당신이 이 편지를 읽을 때쯤이면 인생의 마지막 순간
까지 당신과 대화를 나누는 것 외에는 다른 즐거움을 알지
못해 늘 고통에 시달리고 불행하고 불안했던 한 사내의 굳
어버린 육체를 싸늘한 무덤이 덮고 있을 테지요. 지난밤에
는 참혹하도록 무서운 시간을 보냈습니다. 그렇지만 한편
으로는 고마운 밤이기도 합니다. 죽고자 하는 나의 결심을
굳히고 결정하게 된 밤이니까요. 어제 감정이 극도로 흥분
한 상태에서 당신의 손을 뿌리치고 나왔을 때, 이 모든 것들
이 내 마음에 사무쳐왔습니다. 당신 곁에 있기에 나는 그 어
떤 희망도 기쁨도 없는 존재라는 생각이 들자 내 존재가 처
참하고도 소름끼치게 나를 옥죄어왔습니다. 간신히 방 안
에 들어오자마자 나는 나도 모르게 무릎을 꿇고 말았습니
다. 오, 신이여! 당신은 마지막 위안으로 나에게 쓰디쓴 눈
물을 흘릴 수 있도록 허락해주었습니다! 수많은 생각과 계
획과 희망들이 마음속에서 들끓고 있지만, 결국 확고하게
자리 잡은 생각은 단 하나입니다. 내 마지막 유일한 생각.
죽음에 대한 생각! 그것뿐이었습니다. 그대로 자리에 드러

누워 잠이 들었다가 다음 날 아침, 차분한 마음으로 조용히 잠에서 깨어났을 때에도 죽어야 한다는 그 생각은 변함없이 확고하게 남아 있었습니다. 나는 죽고 싶다! 그래요, 그것은 절망이 아닙니다. 그저 모든 것을 끝까지 참고 견딘 내가 이젠 당신을 위해 스스로 나를 바치겠다는 확신입니다. 그래요, 로테! 내가 침묵을 지킬 이유가 어디 있습니까? 우리 세 사람 중 하나는 사라져야만 합니다. 내가 바로 그 사람이 되어야 하는 것입니다. 아아, 내가 진정으로 사랑하는 사람이여! 나의 이 갈기갈기 찢겨진 가슴속에는 늘 미친 듯 날뛰며 맴도는 생각이 있습니다. 당신의 남편을 죽여버리고 싶다는 생각. 당신을, 아니면 나 자신을, 아니 나 스스로를 죽여버리자는 생각! 그러나 이제 그런 것은 아무래도 상관이 없습니다. 어느 화창하고 아름다운 여름날 저녁, 산에 오르게 되면 지난날 그토록 자주 이 골짜기를 오르던 내 모습을 기억해주십시오. 그리고 무성하게 자란 키 큰 풀들이 석양 속에서 이리저리 바람에 나부낄 때면 교회의 묘지 저편에 있는 내 무덤도 한번 바라봐 주십시오. 이 편지를 쓰기 시작했을 때만 해도 내 마음은 고요했지만 지금 나는 어린 아이처럼 울고 있습니다. 이 모든 장면이 너무나도 생생하게 떠오르기 때문입니다.”

베르테르는 10시경에 하인을 불렀습니다. 그러고는 옷

을 입으면서 며칠 뒤 여행을 떠날 생각이니 옷가지를 손질 해놓고 모든 짐을 꾸릴 수 있도록 준비를 해두라고 했습니 다. 또 일체의 채무 관계를 정리하고, 빌려준 책 몇 권은 다 찾아올 것이며, 매주 몇몇 형편이 어려운 사람들에게 얼마 씩 나눠 주던 돈은 두 달치 액수를 미리 챙겨주라고 지시했 습니다.

베르테르는 식사를 방으로 가져오도록 해 식사를 마친 후에는 말을 타고 곧장 행정관을 만나러 갔지만 때마침 행 정관은 집에 없었습니다. 그는 깊은 생각에 잠긴 채 정원을 거닐었습니다. 그것은 마치 모든 슬픈 추억의 조각들을 하 나하나 가슴속에 쌓아두려는 듯 보였습니다.

어린아이들이 베르테르를 가만히 내버려둘 리가 없었습 니다. 그의 뒤를 쫓아다니며 몸에 매달리기도 하고, 내일, 모레, 그리고 또 하룻밤을 자고 나면 로테의 집으로 가 크리 스마스 선물을 받을 것이라고 이야기했습니다. 아이들은 작은 상상력이 기대할 수 있는 한 얼마나 놀랄 만한 선물이 기다리고 있을지 쉬지 않고 재잘거렸습니다. "내일!" 베르 테르는 외쳤습니다. "또 그다음 날, 또 한 밤 더 자면!" 그러 고 나서 베르테르는 아이들 한 명 한 명에게 애정이 가득 담 긴 키스를 해주고 막 돌아서려 했습니다. 그때 한 아이가 다 가와 뭔가를 귀에 속삭였습니다. 그 아이는 형들이 멋진 연 하장을 아주 큼직하게 써놓았는데, 한 장은 아버지에게, 또

190

한 장은 알베르트와 로테에게 그리고 나머지 한 장은 베르테르에게 썼는데, 그것을 새해 첫날 아침에 주기로 했다는 것이었습니다. 아이의 말에 베르테르는 가슴이 뭉클해졌습니다. 그는 아이들에게 돈을 조금씩 나누어 주고 말에 올랐습니다. 아버지에게 안부를 전해달라고 말하고 눈에 눈물이 가득 고인 채 그곳을 떠났습니다.

베르테르는 5시쯤 집으로 돌아왔습니다. 하녀에게 난로를 잘 살피라고 말하고 밤까지 꺼지지 않게 신경을 쓰라고 한 뒤, 하인에게는 책과 내의를 여행 가방 아래쪽에 잘 넣고 다른 옷가지들은 구겨지지 않도록 보자기에 잘 싸서 꿰매 어두라고 했습니다. 그러고는 로테에게 보낸 마지막 편지의 다음 구절을 쓴 것으로 보입니다.

"당신은 나를 기다리지 않겠지요! 당신은 내가 크리스마스이브에 다시 찾아가리라 생각하고 있겠죠. 오, 로테! 그러나 오늘이 아니면 다시는 볼 수 없습니다. 크리스마스이브에 당신은 몸을 떨면서 눈물로 이 편지를 적시겠지요. 나는 죽고 싶고, 또 그래야만 합니다. 결심을 굳히고 나니 이렇게나 편안해지는군요."

그 무렵 로테는 이상한 기분에 사로잡혔습니다. 지난번 베르테르와 마지막 대화를 나눈 이후로 그녀는 그와 헤어지는 것이 자신에게 얼마나 힘든 일인지, 또 베르테르가 그녀와 멀어지는 것을 얼마나 괴로워할 것인지 분명하게 느꼈습니다.

그녀는 알베르트가 있는 자리에서 넌지시 베르테르가 크리스마스이브 전에는 찾아오지 않을 거라고 말했습니다. 알베르트는 이웃에 있는 한 관료를 찾아 말을 타고 나갔는데, 그와 함께 처리해야 할 일이 있어서 그곳에서 하룻밤을 묵을 예정이었습니다.

로테는 집에 혼자 있었습니다. 동생들도 곁에 없었고, 그녀는 차분하게 이런저런 생각을 하며 자신이 처한 상황을 생각해보았습니다. 그녀는 자신이 남편과 영원한 인연으로 맺어져 있다는 사실을 잘 알고 있었습니다. 또한 그의 사랑과 진심을 잘 알았으며, 그렇기에 그녀도 남편을 진심으로 사랑했습니다. 남편이 지닌 차분하고 믿음직한 성격은 하늘이 정해준 것으로 여겨졌습니다. 그 토대 위에서 좋은 아내로서 인생의 행복을 쌓을 수 있도록 말이지요. 그녀는 그가 자기 자신과 아이들에게 언제까지나 그러한 존재로 남으리라는 것을 느끼고 있었습니다. 그러나 한편으로 베르테르 역시 그녀에게 매우 소중한 존재가 되었습니다. 처음 서로를 알게 된 그 순간부터 그들의 마음은 완벽에 가까울 정도로 일치했으며, 베르테르와 오랜 시간을 함께하면서 경험할 수 있었던 수많은 일들이 그녀의 마음에 지울 수 없는 이상을 남겼습니다. 그녀가 지적 호기심을 가지고 흥미를 느끼거나 생각했던 일들은 어느 것이나 늘 그와 함께 나누는 데 익숙해져, 만일 그가 자신을 떠나게 된다면 그녀 존재 자체에 다시는 채울 수 없는 구멍이 생길 것만 같았습니다. 오, 이 순간 그를 형제로 바꿀 수만 있다면 얼마나 행복할까! 그를 자신의 친구들 중 하나와 결혼시킬 수만 있다면, 그래서 그와 알베르트의 관계도 원래대로 완전히 회복시킬 수 있는 희망을 가질 수 있을 텐데!

로테는 자신의 친구들을 한 명 한 명 떠올려보았습니다. 하지만 그때마다 예외 없이 뭔가 부족하다는 느낌만 들었을 뿐 베르테르의 짝으로 어울릴 만한 친구는 한 명도 찾아내지 못했습니다.

이런저런 생각에 잠겨 있는 사이에 그녀는 뭐라 정확하게 표현할 수 없지만 그녀 역시 그를 자신의 사람으로 곁에 두기를 진심으로 바라고 있다는 것을 처음으로 마음속 깊이 느꼈습니다. 그러나 그녀는 그런 감정을 느끼면서도 자신은 그를 붙잡을 수 없으며, 붙잡아서도 안 된다고 스스로를 달랬습니다. 평소에 무슨 일이든 밝고 긍정적인 태도로 해결책을 찾아내던 그녀의 순수하고도 아름다운 마음도 이젠 행복에 대한 희망을 가질 수 없다는 우울한 감정에 시달리게 된 것입니다. 그녀의 마음은 무겁게 죄어오고 두 눈에는 짙은 먹구름이 잔뜩 끼었습니다.

6시 반이 되었을 때 그녀는 베르테르가 계단을 올라오는 발소리를 들었습니다. 그녀는 그의 발걸음 소리, 그녀가 집에 있는지 묻는 그의 목소리를 곧바로 알아들을 수 있었습니다. 순간 그녀의 가슴은 마구 요동치며 뛰기 시작했습니다. 베르테르가 그녀의 집을 방문했을 때 이렇게 가슴이 두근거린 것은 아마도 거의 처음일 것입니다. 그녀는 자신이 집에 없는 것처럼 속여서라도 그와의 만남을 피하고 싶은 마음이 간절했습니다. 그래서 그가 방으로 들어섰을 때 그녀는 당황한 사람처럼 격정적으로 외쳤습니다. "약속을 지키지 않으셨군요!"

"나는 약속을 한 적이 없습니다." 이것이 그의 대답이었지요.

"최소한 제 부탁은 들어주셔야죠." 그녀가 덧붙였습니다. "저는 우리의 평안을 위해 부탁했던 거예요."

그녀가 베르테르와 단둘이 있는 상황을 피하기 위해 몇몇 친구들을 불러오라고 사람을 보냈을 때만 해도 본인이 무슨 말을 하고 있는지도, 무슨 행동을 하고 있는지도 알지 못했습니다. 베르테르는 자신이 가지고 온 책을 내려놓으며 다른 가족들의 안부를 물었습니다. 로테는 마음속으로 친구들이 빨리 와주기를 바라면서도, 한편으로는 오지 않기를 바라기도 했습니다. 하녀가 돌아와 두 친구가 다 올 수 없다는 말을 전했습니다.

로테는 하녀에게 일거리를 시켜 옆방에 보내려 하다가 마음을 고쳐먹었습니다. 베르테르는 이리저리 방을 서성이고 있었고, 로테는 피아노로 다가가 미뉴에트를 치기 시작했지만 제대로 칠 수 없었습니다. 그녀는 마음을 가다듬고 다시 베르테르 옆으로 가서 앉았습니다. 그는 평소와 다름없이 소파에 앉아 있었습니다.

"읽을 만한 게 없나요?" 로테가 물었습니다. 그는 아무것도 가지고 있지 않았습니다. "그러면 저기 서랍에 뭔가 있어요." 그녀가 말을 시작했습니다. "당신이 번역한 오시안의 노래 몇 편이 있어요. 저는 아직 그걸 읽지 못했어요. 사실 당신이 읽어주는 것을 듣고 싶었거든요. 하지만 그동안 그럴 기회가 없었고, 만들려고도 하지 않았지요."

베르테르는 미소를 지으며 그 노래들의 원고를 꺼내왔습니다. 원고를 손에 드는 순간 온몸이 떨려왔고 두 눈에는 눈물이 가득 솟아올랐습니다. 그는 소파에 자리를 잡고 원고를 읽기 시작했습니다.

어스름한 밤하늘의 별이여, 그대는 아름답게 서쪽 하늘에서 반짝이는구나. 빛나는 얼굴을 구름 밖으로 내밀고 그대는 당당하게 그대의 언덕 위를 지나가는구나. 그대는 무엇을 찾으려고 황야를 내려다보는가? 거센 폭풍우 잠잠해지고 멀리서 시냇물 흐르는 소리가 들려온다. 바위를 희롱

하는 파도가 저 멀리서 일렁이며 저녁 날벌레의 윙윙거리는 소리가 들판 위를 맴도는구나. 아름다운 빛이여, 그대는 무엇을 쳐다보는가? 그대는 그저 미소를 지으며 지나치려 하지만 물결은 기쁜 마음으로 반갑게 그대를 감싸 안고 네 사랑스러운 머리카락을 감겨주는구나. 잘 있어라, 고요한 빛이여. 네 모습을 드러내라! 오시안의 영혼이 깃든 숭고한 빛이여!

드디어 그 찬란한 빛이 힘차게 나타나고 세상을 떠난 친구들의 모습이 보이는구나. 지난날 그랬던 것처럼 그들은 다시 로라로 모여드네. 핑갈은 그의 용사들에 둘러싸여 축축한 안개 기둥처럼 다가오네. 자, 보아라! 노래하는 시인들을. 백발의 울린! 위풍당당한 리노! 사랑스러운 노래꾼 알핀! 그리고 그대, 고요히 탄식하는 미노나여! 나의 친구들이여, 셀마 축제날 이후로 그대들은 얼마나 변했는가. 언덕 너머 불어오는 봄바람이 나직이 속삭이는 풀잎을 어루만지듯 우리는 노래의 영광을 서로 겨루지 않았던가.

그때 아름다운 미노나가 어여쁜 자태를 드러내고 한 발짝 앞으로 나섰도다. 아래로 내리깐 눈에는 눈물이 그렁그렁하고 언덕 위에서 몰아치는 거센 바람에 그녀의 머리카락은 물결처럼 나부꼈지. 청아한 목소리로 그녀가 노래를 부르자, 용사들의 마음은 슬픔에 잠겼네. 그들은 몇 번이나 살가르의 무덤을 보았고, 슬픔에 잠긴 콜마의 불 꺼진 집도 보아있기 때문이니. 아름다운 목소리를 가진 콜마는 언덕 위에 홀로 남았노라. 살가르는 반드시 돌아오겠다고 약속했지만, 어느새 사방은 어두운 밤이 내리고 말았네. 저기 언덕위에 쓸쓸히 앉아 있는 콜마의 목소리를 들어보라.

콜마

밤이 되었네. 나는 폭풍우 몰아치는 언덕 위에 홀로 버려져 있네. 사나운 바람은 산중에서 몰아치고, 냇물은 울부짖으며 바위를 타고 흘러내리네. 폭풍우 몰아치는 언덕에서 외로이 홀로 남은 나는 비를 피할 오두막 한 채조차 없네.

오, 달이여. 구름을 뚫고 나오너라! 밤하늘의 별들이여, 모습을 드러내다오! 한 줄기 빛이라도 좋으니 제발 나를 사랑하는 연인이 있는 곳으로 이끌어다오. 이제 내 연인은 시위를 푼 활을 곁에 놓아두고, 사냥개들은 가쁜 숨을 몰아쉬며 그의 주위를 맴돌고 있을 테지. 그러나 나는 여기, 무성한 수풀로 우거진 강가 바위에 홀로 앉아 있어야 하다니. 사납게 날뛰는 강물과 요란스러운 폭풍우 소리에 사랑하는 그의 목소리는 들려오지 않는구나!

왜 무엇 때문에 나의 살가르는 아직 오지 않는가? 자신의 약속을 잊은 것일까? 저편에 바위와 나무도 그대로 있고, 여기 가까이에 넘실거리며 흐르는 강물도 그대로 있는데, 어둠이 찾아오면 반드시 이곳으로 찾아오겠다고 그대가 약속하지 않았던가. 나의 살가르는 어디서 길을 잃고 헤매는 걸까? 그대가 오면, 도도한 아버지와 오라버니를 버리고 그대와 함께 달아나려 했건만! 그대의 집안과 우리 집안은 오래전부터 원수지간이었지만, 우리 두 사람은 원수가 아니지 않은가. 아, 살가르!

바람이여, 잠시만 침묵해다오! 강물이여, 잠시만 멈추어다오! 내 목소리가 골짜기 사이로 울려 퍼져 헤매는 나의 연인이 들을 수 있도록. 살가르, 나예요. 내가 지금 당신을 부르고 있어요! 여기 나무와 바위가 있는 곳에서요! 살가르! 사랑하는 그대여! 나 여기에 있는데 그대는 무엇을 망설이기에 오기를 주저하나요?

보라. 달이 떠오른다. 강물은 골짜기에서 반짝이고 언덕 위에는 잿빛 바위가 우뚝 솟아 있도다. 그러나 사랑하는 이의 모습은 이 높은 산 위에서도 보이지 않네. 개들이 먼저 달려 나와 사랑하는 이의 도착을 알리지도 않으니 여기 나홀로 앉아 있을 수밖에 없네.

그런데 저 아래 황야에 누워 있는 자들은 누구인가? 내가 사랑하는 사람인가? 나의 오라버니인가? 오, 친애하는 내 친구들이여, 말을 해다오! 그러나 그들은 대답하지 않네. 내 마음이 어찌 이리 불안하단 말인가. 아아, 그들은 죽은 사람들이구나! 그들의 칼은 결투로 붉게 물들어 있구나! 오라버니, 나의 오라버니여. 어찌하여 살가르의 목숨을 빼앗았나요? 삽가르, 그대는 어찌하여 나이 오라버니를 죽인 것인가요? 두 사람 모두 내게는 똑같이 소중한 사람들이었건만! 그대는 언덕 위의 수많은 용사들 가운데서 가장 빼어났건만! 도대체 왜 그토록 서로 처절하게 싸웠단 말인가? 내 말에 대답해주세요. 내 목소리를 들어주세요! 나의 사랑하는 사람들아! 그러나 그들은 말이 없네. 영원히 대답을 하지 않는구나! 그들의 가슴은 흙처럼 차갑다네!

오, 언덕의 바위에서, 폭풍우 몰아치는 산꼭대기에서 제발 말해다오. 죽은 이들의 혼이여! 모든 이야기를 해다오! 나는 조금도 두렵지 않도다! 그대들은 어디서 쉬고 있는 것인가? 첩첩산중 그 어느 동굴에서 그대들을 찾을 수 있는가? 아무리 귀를 기울여도 희미한 목소리 하나 바람결에 들려오지 않고, 폭풍우 휘몰아치는 언덕에서는 아무런 대답도 실려오지 않는구나.

나는 슬픔에 빠져 눈물을 흘리며 아침이 오기만을 기다리네. 그대 죽은 자들의 친구들이여, 무덤을 파헤쳐다오. 그리고 내가 갈 때까지 다시 파묻지 말아다오. 나의 목숨은 꿈처럼 사라지니, 내 어찌 여기에 홀로 살아남아 있겠는가! 나는 물살이 바위에 부딪치는 소리가 울려 퍼지는 이곳 강변에서 벗들과 더불어 살리라. 언덕 위에 밤이 찾아오고 바람이 황야를 스칠 때, 나의 영혼은 바람을 타고 맴돌며 정다운 친구들의 죽음을 애도하리라. 초가집에서 사냥꾼이 슬

퍼하는 나의 목소리를 듣는다면 두려워하면서도 사랑하게
되리라. 사랑하는 친구들을 그리워하는 내 목소리가 감미
롭게 들릴 것이기에. 내 벗들과 내 목소리, 나에게는 전부
소중하였기에!

　오, 토르만의 딸 미노나여, 그대는 수줍은 듯 살며시 얼굴
을 붉히며 이렇게 노래하였노라. 우리는 콜마를 생각하며
눈물을 흘렸고, 우리의 마음 또한 슬픔에 잠겼도다.
　울린은 하프를 들고 나와 알핀의 노래를 들려주었네. 알
핀의 목소리는 다정하였고, 리노의 마음은 뜨거운 불꽃처
럼 타올랐다네. 그러나 그들은 이미 좁은 무덤 속에서 휴식
을 취하며 고이 잠들어 있고, 그들의 목소리는 셀마에서 울
려 퍼지지 못했노라. 일찍이 그 위대한 용사들이 살아 있었
을 때, 사냥에서 돌아온 울린은 언덕 위에서 벌이는 그대들
의 노래자랑을 들은 적이 있었다네. 그들의 노래는 부드러
우면서도 슬펐지. 그 노래는 최고의 용사 모라르의 죽음을
애도하는 노래였노라. 모라르의 영혼은 핑갈의 영혼과 같
았고, 그의 장검은 오스카르의 장검과 같았도다. 그러나 모
라르는 쓰러졌고, 그의 아버지는 통곡하며 비탄에 빠졌도
다. 용맹스럽던 모라르의 여동생 미노나의 눈에 눈물이 홍
수처럼 넘쳐흘렀다네. 폭풍우를 미리 알아차리고 그 아름
다운 얼굴을 구름 속에 숨기는 서편의 달처럼 미노나는 울

린의 노래 앞에서 뒤로 물러났노라. 나는 운린과 함께 그 서글픈 탄식의 노래에 맞추어 하프를 연주하였네.

리노

바람이 그치고 비가 멈춘 뒤 맑게 갠 남쪽 하늘에는 구름들이 흩어지도다. 멈추어 있을 줄 모르는 태양은 바삐 달아나며 언덕을 비추고, 산속의 계곡물은 붉게 물들어 골짜기를 타고 흘러내리네. 계곡물이여, 너의 속삭임은 감미롭구나. 그러나 내 귓가를 울리는 목소리는 더욱더 달콤하다네. 그것은 죽은 자들을 애도하는 알핀의 목소리. 그의 머리는 늙어 구부러지고 눈물에 젖은 두 눈은 붉게 충혈되어 있도다. 알핀, 타고난 가인이여, 그대는 어찌하여 언덕 위에 홀로 서 있는가? 어찌하여 그대는 숲속에 몰아치는 돌풍처럼, 저 머나먼 해안에 일렁이는 파도처럼 슬피 우는가?

알핀

리노여, 나의 눈물은 죽은 자들을 위한 것이고, 내 목소리는 무덤에 묻힌 자들을 위한 것이네. 언덕 위에 서 있는 그대의 모습은 늠름하고 황야의 아들들 중에서도 가장 아름다운 자태로다. 그러나 그대 또한 모라르처럼 쓰러지고 말 것이다. 또 그대의 죽음을 슬퍼하는 자가 그대의 무덤 위에 와 앉게 되리라. 언덕은 그대를 잊을 것이고, 시위가 풀린 그대의 활은 대청에 홀로 버려져 나뒹굴고 있으리라.

아아, 모라르, 그대는 언덕을 달리는 노루처럼 날쌔었고, 밤하늘에 타오르는 불꽃처럼 무서웠도다. 그대의 분노는 거센 폭풍우 같았으며, 그대의 칼은 전장에서 번뜩이며 황야를 비추는 번갯불 같았도다. 그대의 목소리는 비 내린 뒤 숲속에서 들리는 계곡의 힘찬 물소리와 같았고, 아득한 언덕을 울리는 천둥소리와 같았도다. 많은 이들이 그대의 손에 목숨을 잃고 쓰러졌으며, 그대의 안에서 타오르는 분노의 불꽃이 그들을 삼켜버렸노라. 그러나 전쟁터에서 돌아온 그대의 얼굴은 얼마나 온화하던가! 그대의 얼굴은 소나기가 그친 뒤의 햇빛 같았고, 고요한 밤하늘의 달빛 같았으며, 그대의 가슴은 거센 바람이 그친 뒤 잔잔해진 바다처럼 고요했다네.

이제 그대의 안식처는 비좁고, 그대의 잠자리는 어두운 암흑과도 같도다. 그대 무덤은 단 세 발자국밖에 되지 않다니! 오, 과거에는 그토록 위대했건만 오직 이끼에 덮인 네 개의 묘석만이 그대를 추모하는 유일한 기념물이라니! 잎사귀가 떨어진 앙상한 한 그루의 나무와 바람에 나부끼는 무성하게 키 큰 풀들만이 용맹했던 모라르의 무덤을 사냥꾼에게 알려주네. 그대의 죽음을 슬퍼하며 눈물을 흘려줄 어머니도 없고, 그대를 위해 사랑의 눈물을 흘려줄 애인도 없다네. 그대를 낳아준 어머니는 이미 세상을 떠났고, 모르글란의 딸들도 이미 죽어 사라졌기 때문이로다.

그런데 저기 지팡이를 짚고 몸을 의지한 자는 누구인가? 흐르는 세월에 머리는 하얗게 세고, 두 눈에는 눈물이 고여 붉게 충혈되었구나. 오, 모라르! 그 사람은 바로 그대의 아버지로구나. 오로지 세상에 그대 외에는 다른 자식이 없는 그대의 아버지라네. 그는 전쟁터에서 용맹을 떨치던 그대의 빛나던 명성에 대한 이야기도 들었고, 뿔뿔이 흩어져 달아난 적들의 이야기도 들었네. 아아, 하지만 아들의 부상에 대해서는 아무 소식도 듣지 못했다네. 통곡하라, 모라르의 아버지여, 절규하라! 그러나 그대의 아들은 당신의 울음소리를 듣지 못하리라! 죽은 자들의 잠은 깊고, 그들이 베고 누운 흙베개는 낮다네. 그대의 아들은 당신의 목소리에 응답하지 않으니 아무리 그 이름을 외쳐보아도 그대의 부름에 결코 깨어나지 못하느니. 오, 무덤 속에도 언젠가 아침이 찾아와 깊이 잠든 이들에게 이제 그만 잠에서 깨어나라고 알려줄 날이 올 것인가!

편히 쉬게나. 인간들 중 가장 고귀한 자여. 전쟁터의 승리자여! 그러나 전쟁터에서 그대의 모습을 볼 일은 두 번 다시 없을 것이고, 어두운 숲이 그대의 장검에서 번뜩이는 빛으로 밝게 비춰지는 날도 다시는 없으리라. 그대는 후손 하나 남기지 않았지만, 이 노래가 그대의 이름을 길이길이 남기리라. 그리하여 후대의 사람들은 전쟁터에서 쓰러진 모라르, 그대의 이야기를 두고두고 들으리라.

  용사들이 탄식하는 소리는 드높았지만 그 가운데서도 아르민의 절절하고도 애끓는 한숨소리가 제일 드높았도다. 이는 젊은 나이에 전쟁터에서 목숨을 잃은 아들이 떠올랐기 때문이라네. 이름을 사방에 드높인 갈말의 제후 카르모르가 아르민 곁에 다가가 앉았네. "어찌하여 아르민은 흐느껴 우는 것인가?" 그가 말했네. "왜 그대는 이곳에서 슬피 울고 있는가? 노랫소리가 울려 퍼지며 영혼을 감동시키고 마음을 즐겁게 해주고 있지 않은가? 노랫소리는 호수에서 골짜기 위로 피어오르는 은은한 안개와도 같아 그 촉촉함이 활짝 핀 꽃들을 활기차게 하리라. 그러나 태양이 힘차게 다시 솟아오르면 안개는 다시 사라지는 법이라네. 아르민, 그대 바다에 둘러싸인 고르마의 통치자여, 어찌하여 그대는 그토록 슬퍼하며 애통해하는가?"

  슬프고 애통하도다! 참으로 가슴 아프도다! 나는 말할 수 없을 만큼 큰 슬픔에 잠겨 있으니 내 슬픔의 이유는 결코 사소한 것이 아니라네. 카르모르! 그대는 자식을 잃어본 적도 없으며, 또 꽃처럼 어여쁘게 피어나는 딸도 잃어본 적이 없지 않은가. 용감한 젊은 콜가르는 살아 있으며, 비교할 데 없이 아름다운 미모의 안니라도 살아 있지 않은가. 오, 카르모르, 그대 집안의 가지는 꽃이 만발하고 무성하게 번성하리라. 그러나 아트민의 가문은 네가 마지막 후손이라네. 오, 다우라! 너의 잠자리는 어둠에 싸여 있도다. 네가 잠든 무덤 속은 얼마나 답답하더냐. 너는 언제 눈을 뜨고 일어나 아름다운 목소리로 노래를 불러줄 것인가? 불어라, 가을바람이여! 어서 불어다오! 어두운 황야를 거세게 휘몰아쳐라! 숲속을 흐르는 거센 계곡이여, 사납게 흘러라! 폭풍우여, 떡갈나무 숲을 뒤흔들며 울부짖어라! 오, 달이여. 흐트러진 구름을 헤치고 나와 그대의 창백한 얼굴을 드러내어다오! 내 자식들이 죽어간 그날 밤, 용맹한 아린달이 쓰러지고 사랑스러운 다우라가 숨을 거두던 그 공포의 밤을 내게 다시 회상시켜다오!

다우라, 나의 딸이여! 너는 너무나도 아름다웠지. 푸라 언덕 위에 뜬 달처럼 아름다웠고, 갓 내린 눈처럼 하얗고, 들이마시는 공기처럼 감미로웠노라! 아린달이여! 전쟁터에서 너의 활은 강했으며, 너의 창은 빨랐고, 너의 시선은 물결 위의 안개와 같았느니라. 너의 방패는 폭풍 속의 불 구름과 같았노라!

전쟁터에서 용맹을 떨친 아르마르가 찾아와 다우라에게 청혼을 하니, 다우라도 끝내 뿌리칠 수 없었네. 그들의 친구들 또한 두 사람의 아름다운 미래를 기대하였네.

오드갈의 아들 에라트는 동생이 아르마르의 손에 목숨을 잃었기 때문에 원한을 품게 되었네. 그리하여 에라트는 뱃

사공으로 변장하고 찾아왔는데, 파도에 흔들리는 그의 나룻배는 아름다웠고, 노년의 곱슬곱슬한 머리카락은 하얗게 세백발이 되었으며, 근엄한 얼굴에는 평온함이 깃들어 있었노라. "아름다운 아가씨 중에서도 가장 아름다운 아가씨여!" 에라트가 말하였네. "아르민의 사랑스러운 딸이여. 저 바닷가로부터 멀지 않은 저 바위 위, 저 나무의 붉게 익은 열매가 반짝이는 곳, 그곳에 아르마르가 그대 다우라를 기다리고 있소. 나는 거세게 물결치는 바다를 건너 다우라를 그의 연인 아르마르에게 인도하기 위해 이곳에 왔소이다."

다우라는 에라트를 따라갔도다. 그리고 애타게 아르마르를 불렀지만 대답하는 것은 바위에 철썩이는 파도 소리뿐. "아르마르! 그리운 내 사랑! 사랑하는 이여! 어찌하여 내 마음을 이렇게 두렵게 하나요? 아르나르트의 아들이여! 대답을 해주세요! 다우라가 그대를 부르고 있어요!"

배신자 에라트는 큰소리로 웃으며 육지로 달아났네. 다우라는 목청을 높여 아버지를 부르고 또 오라버니를 불렀네. "아린달이여! 아르민이여! 다우라를 구해줄 사람은 아무도 없단 말인가요?"

다우라의 목소리는 바다 멀리까지 울려 퍼졌네. 나의 아들 아린달은 사냥으로 잡은 제물에 기뻐하며 언덕을 내려왔도다. 그 순간 허리춤에 찬 화살은 달그락거렸고, 어느새 활은 손에 들려 있었다. 짙은 회색의 맹견 다섯 마리가 달려 나와 그를 에워싸고 있었노라. 아린달은 마닷가에서 내딛한 에라트와 마주치자 그를 덥석 붙잡아 떡갈나무에 묶었노라. 밧줄로 허리를 어찌나 단단히 붙들어 매었는지, 결박당한 자의 신음은 바람을 타고 울려 퍼졌네.

아린달은 다우라를 데려오려고 작은 배를 타고 파도치는 바다에 몸을 실었네. 그때 분노에 사로잡힌 아르마르가 잿빛 깃털이 달린 화살을 쏘았네. 오오, 아린달이여! 나의 아들이여! 화살이 바람을 가르며 재빠르게 날아가 네 가슴에 꽂히고 말았도다. 배신자 에라트를 대신하여 네가 목숨을 잃다니. 작은 배는 바위에 이르렀지만 아린달은 그곳에 쓰러져 숨을 거두고 말았네. 오, 다우라! 너의 발치에 네 오라버니의 피가 흘러 닿았으니 그 슬픔을 무엇으로 표현할 것인가!

작은 배는 거센 파도에 부딪혀 산산조각이 나고 말았네. 아르마르는 다우라를 구해내던가 그러지 못하면 스스로 죽음을 택하려 바다에 뛰어들었노라. 그때 갑자기 세찬 돌풍이 언덕 위에서 바다 쪽으로 불어와 파도가 사납게 일어나더니 아르마르는 물속에 가라앉아 다시는 떠오르지 못했네.

나는 파도가 부서지는 바위에 홀로 남아, 나의 딸이 슬픔에 울부짖는 소리를 들었노라. 그 부르짖음은 간절하고 처절하였으나 아버지는 딸을 구할 수 없었도다. 나는 밤새도록 바닷가 기슭에 서서 희미한 달빛 속에 어른거리는 딸의 모습을 보고 밤새 하염없이 우는 소리를 들었노라. 바람이 세차게 불고, 거센 빗줄기는 산등성이를 때렸노라. 동이 트기 전 딸의 목소리는 점점 약해지더니, 바위 틈새 풀숲을 스쳐 사라지는 저녁 바람처럼 딸은 숨을 거두고 말았다네. 슬픔을 이기지 못하고 다우라는 목숨을 잃고, 아르민만이 홀로 남았구나. 전쟁터를 휩쓸었던 나의 용맹도 이제는 덧없이 사라지고, 아가씨들의 눈길을 사로잡던 내 긍지도 무너져버렸네.

산에 폭풍우가 몰아칠 때, 북풍이 매섭게 파도를 일으킬 때 나는 울부짖는 바닷가에 앉아 저 소름끼치게 무서운 바위를 바라본다네. 저무는 달빛 속에서 내 자식들의 넋을 본 것이 몇 번이었던가! 희미한 모습으로 서로 어울려 서글프게 떠도는 아이들의 영혼을.

로테의 눈에서는 눈물이 폭포처럼 쏟아져 내렸습니다. 그 눈물은 짓눌려 먹먹했던 가슴의 숨통을 틔워주었습니다. 하지만 그 때문에 베르테르는 낭송을 멈추고 말았습니다. 베르테르는 원고를 내던지고 로테의 한 손을 잡고 흐느껴 울었습니다. 로테는 다른 한 손으로 손수건을 꺼내어 두 눈을 가렸습니다. 두 사람은 주체할 수 없는 감동에 사로잡혔습니다. 그들은 고귀한 사람들의 운명에서 서로의 슬픔을 느끼고 또 공감한 것입니다. 두 사람은 깊이 공감하고 그들의 눈물은 하나가 되어 흘렸습니다. 베르테르의 눈과 입술이 로테의 팔에 파묻혀 뜨겁게 달아올랐습니다. 그 순간 로테는 온몸으로 전율을 느끼며 몸을 뿌리치려 했지만 고통과 연민이 납덩이처럼 무겁게 짓눌러 몸을 꼼짝달싹할 수가 없었습니다. 로테는 겨우 심호흡을 하고 정신을 차린 다음, 베르테르에게 계속 읽어달라고 부탁했습니다. 그야말로 천상의 목소리로 애원했습니다. 베르테르의 온몸은 떨리고 가슴은 터져 나가는 듯했습니다. 베르테르는 원고를 집어 들어 가라앉은 목소리로 더듬거리며 읽기 시작했습니다.

어찌하여 그대는 나를 깨우느냐? 봄바람이여! 그대는 유혹하면서 '나는 천상의 물방울로 적시노라' 말하는구나. 그러나 나 또한 마르고 시들 때가 다가왔노라. 내 잎사귀들을 휘몰아 떨어뜨릴 비바람도 가까이 다가왔구나. 그 언젠가 내 아름다운 모습을 보았던 나그네가 내일 찾아오리라. 그는 들판에서 내 모습을 찾겠지만 끝내 나를 찾아내지는 못하리라.

이 구절의 강한 마력이 불행한 베르테르의 마음을 엄청난 힘으로 압도했습니다. 베르테르는 깊은 절망감에 사로잡혀 로테 앞에 무릎을 꿇었으며, 그녀의 두 손을 붙잡아 자신의 눈과 이마에 갖다 대었습니다. 그 순간 로테의 머릿속에 베르테르의 끔찍한 계획에 대한 무서운 예감이 번개처럼 스쳐 지나갔습니다. 그녀의 감각은 극도로 혼란해져 베르테르의 두 손을 움켜쥔 채 자신의 가슴에 가져다 꼭 안았습니다. 그리고 슬픈 마음을 견디지 못하고 베르테르에게 몸을 기댔습니다. 그러자 뜨겁게 달아오른 두 사람의 뺨이 맞닿았습니다. 이미 두 사람에게 주변의 세상은 사라지고 없었습니다. 베르테르는 두 팔로 로테를 휘감아 가슴에 꼭 껴안은 채, 떨리는 그녀의 입술에 격렬한 키스를 퍼부었습니다.

"베르테르!" 로테는 고개를 돌리며 숨 막히는 목소리로 외쳤습니다. "베르테르!" 그녀는 힘없는 가냘픈 손으로 베르테르의 가슴을 밀어내려 했습니다. "베르테르!" 그녀는 말할 수 없이 고결한 마음으로 단호하게 외쳤습니다. 베르테르는 더 이상 거역하지 않고 로테를 안았던 두 팔을 풀었으나 정신을 잃은 듯 그녀 앞에 쓰러져 엎드렸습니다. 로테는 몸을 뿌리치며 일어났습니다. 스스로도 사랑인지 분노인지 알 수 없는 감정에 휩싸여 몸을 떨며 두렵고 혼란스러운 목소리로 말했습니다. "이것이 마지막이에요, 베르테르! 이제 두 번 다시는 당신을 만나지 않겠어요!" 그리고 이 불쌍한 남자를 사랑이 가득 담긴 눈길로 바라보다 황급히 옆방으로 달려가 문을 잠갔습니다. 베르테르는 그녀를 향해

두 팔을 뻗었지만 차마 붙잡지 못했습니다. 그는 소파에 머리를 기댄 채 바닥에 쓰러져 있었습니다. 반 시간 넘게 그 자세로 있다가 식사 준비를 하려고 들어온 하녀의 인기척을 듣고 정신이 들었습니다. 베르테르는 방 안을 이리저리 서성이다가 하녀가 나가 다시 혼자가 되었을 때 옆방 문 쪽으로 다가가 나지막이 그녀를 불렀습니다. "로테! 로테! 한 마디만 해줘요. 잘 지내라는 작별 인사만이라도!" 그녀는 아무런 대답도 하지 않았습니다. 베르테르는 대답을 기다리다가 한 번 더 애원하고 또다시 기다렸습니다. 그래도 여전히 대답이 없자 발길을 돌리며 외쳤습니다. "잘 있어요, 로테! 안녕! 영원히 안녕!"

베르테르는 도시의 성문에 도착했습니다. 문지기는 베르테르를 자주 보아 얼굴을 알고 있었기 때문에 아무 말 없이 그를 성문 밖으로 내보내 주었습니다. 진눈깨비가 흩날리는 밤이었습니다. 베르테르는 밤 11시가 되어서야 집으로 돌아와 문을 두드렸습니다. 그가 집에 돌아왔을 때 하인은 주인의 모자가 없어진 것을 알아차렸지만 딱히 참견할 입장은 아니라 말없이 주인의 옷을 벗겼습니다. 베르테르의 옷은 흠뻑 젖어 있었습니다. 나중에 모자는 계곡이 내려다보이는 가파른 언덕 기슭의 바위에서 발견되었습니다. 진눈깨비가 흩날리는 어두운 밤중에 그가 어떻게 굴러 떨어지지 않고 바위에 기어 올라갈 수 있었는지는 알 수 없는 일입니다.

베르테르는 침대에 누워 오래 잠을 잤습니다. 다음 날 아침 베르테르의 부름을 받고 하인이 커피를 준비해 방에 들어갔을 때 그는 뭔가를 쓰고 있었습니다. 베르테르는 로테에게 보낼 편지에 다음 구절을 쓰고 있었던 것입니다.

"내가 눈을 뜨는 것도 이것이 마지막입니다. 정말 마지막입니다. 내 눈은 이제 두 번 다시 태양을 보지 못할 것입니다. 날이 흐리고 안개가 자욱이 끼어 태양이 가려져 버렸습니다. 그러니 자연이여, 슬퍼해다오! 그대의 아들, 그대의 친구, 그대가 사랑하는 연인이 지금 마지막 순간을 향해 다가가고 있으니. 로테, 이것이 마지막 아침이라고 스스로에게 말하는 기분은 도저히 뭐라 표현할 수가 없습니다. 그건 흐릿한 꿈을 꾸고 있는 것과 비슷합니다. 마지막 아침! 로테, 나는 이 말의 진정한 의미를 모릅니다. 마지막 아침이라니! 나는 여기 힘을 잃지도 않고 이렇게 서 있지 않습니까? 그러나 나는 내일이면 사지를 축 늘어뜨린 채 바닥에 쓰러져 있겠죠. 죽는다! 그것은 무엇을 의미합니까? 자, 보세요. 죽음에 대해 이야기하는 순간, 우리는 꿈을 꾸는 것입니다. 나는 몇 번이나 죽어가는 사람들의 모습을 보았습니다. 그러나 인간의 능력은 유한한 것이고 생각의 범위는 좁은 것이어서, 자기 존재의 시작과 끝에 대해서 아무것도 아는 것이 없습니다. 아직 이 몸은 나의 것입니다. 아니 당신의 것입니다 그래요, 당신의 것입니다. 아아, 사랑하는 로테! 이렇게 순식간에 멀어지고 헤어지게 된다니. 아마도 영원히 겠지요? 아니오, 로테, 아니에요. 어떻게 내가 사라질 수 있습니까? 그리고 어떻게 당신이 사라질 수 있습니까? 우리는 엄연히 이렇게 존재할 것입니다. 사라져버리다니! 도대체 그것은 무슨 뜻일까요? 그것은 단지 한마디 말에 불과할 뿐이고, 내 마음에 그 어떤 느낌도 주지 못하는 공허한 소리일 뿐입니다. 로테, 죽어서 차가운 흙 속에 묻히는 것, 저렇게나 비좁고 어두운 곳에 묻힌다는 것! 나에게는 친구가 하나 있었습니다. 마음 의지할 곳 없던 어린 시절 그녀는 나에게 이 세상 그 무엇과도 비교할 수 없을 정도로 소중했던 사람이었습니다. 그녀가 세상을 떠났을 때 나는 운구를 따라 무덤까지 갔습니다. 사람들이 관을 아래로 내리고 관을 묶었던 밧줄을 풀어 다시 위로 감아 올렸습니다. 그런 다음 첫 번째 삽이 흙덩어리를 관 위에 뿌리자 관 뚜껑에서 작지만 둔탁한 소리가 울렸습니다. 그 소리는 점점 낮아지더니 마침내 관 전체가 흙으로 완전히 뒤덮이고 말았습니다. 나는 그만 무덤가에 쓰러지고 말았지요. 마음속 깊이 무언가에 충격을 받아 크게 흔들렸고, 두려운 감정이 엄습했으며, 가슴은 갈기갈기 찢기는 것 같았습니다. 그러나 나는 무엇이 어떻게 된 것인지 잘 몰랐습니다. 죽는다는 것! 무덤! 나는 이런 말을 이해할 수 없었습니다!

오, 제발 나를 용서해주십시오! 제발 어제 일어난 일을 용서해주십시오. 사실 나는 그 순간이 내 인생의 마지막 순간이었다고 바랐습니다. 오, 나의 천사여! 처음으로, 분명 생전 처음으로 의심할 여지없이 내 마음속 아주 깊은 곳에서 뜨거운 감정이 불타올랐습니다. 로테가 나를 사랑한다! 그녀가 나를 사랑하고 있다는 그 기쁨이었습니다. 당신의 입술에서 흘러나온 성스러운 불꽃이 아직도 내 입술에서 불타고 있습니다. 전에는 경험하지 못했던 새롭고 뜨거운 즐거움에 나의 마음이 기쁨으로 춤추고 있습니다. 나를 용서해주세요! 제발 나를 용서하십시오!

당신이 나를 사랑한다는 사실을, 처음 만났을 때 진심이 가득 담긴 다정한 눈길에서, 정성 어린 따스한 손길로 내민 악수에서 이미 알았습니다. 그러나 당신과 떨어져 있고, 알베르트가 당신 곁에 있는 것을 볼 때면 또다시 열병 같은 회의감이 들어 절망에 빠지곤 했습니다.

언젠가 어느 곤혹스러웠던 모임에서 당신이 내게 말 한 마디도 걸지 못하고 손을 내밀 수조차 없었을 때, 내게 꽃을 보내주었던 일을 기억하고 있습니까? 나는 자정이 될 때까지 그 꽃 앞에 무릎을 꿇고 앉아 있었습니다. 그 꽃은 나에게 당신의 사랑을 증명해주는 꽃이었기 때문입니다. 그러나 그런 기억조차 이젠 희미해지고 마음속에 간직했던 믿음도 없어지는 것입니다. 신성한 계시를 눈으로 또렷하게 보고 믿음으로 충만했던 신자가 신의 은총에 감사하는 마음을 점점 잃어가는 것처럼 말입니다.

이 모든 것들이 허무할 뿐입니다. 그러나 내가 어제 당신의 입술에서 맛보고 아직까지도 내 가슴속 깊이 불타오르고 있는 이 생명은 영원히 꺼지지 않을 것입니다. 그녀가 나를 사랑하고 있다! 나는 이 두 팔로 그녀를 끌어안았고, 이 입술은 그녀의 입술에 닿아 파르르 떨렸으며, 이 입은 그녀의 입가에서 더듬거렸습니다. 로테는 나의 것이다! 그대는 내 여인이다! 그렇소, 로테, 당신은 영원히 나의 것입니다!

알베르트가 당신의 남편이라는 것, 그것이 도대체 무슨 의미가 있습니까? 남편! 그것은 오직 이 세상에서의 일일 뿐입니다. 내가 당신을 사랑하고, 당신을 남편 알베르트의 팔에서 내 품으로 빼앗아오는 것이 이 세상에서는 죄가 될지 모릅니다. 죄라고요? 좋습니다. 나는 나 스스로에게 벌을 내리겠습니다. 나는 그 죄를 천국과도 같은 기쁨으로 맛보았고, 향기로운 생명과 활력을 내 가슴 가득히 들이마셨습니다. 당신은 지금 이 순간부터 나의 것입니다! 로테, 나의 여인, 나는 먼저 갑니다. 하늘에 계신 나의 아버지 곁으로 그리고 당신의 아버지 곁으로 가겠습니다. 그리고 아버지에게 하소연하겠습니다. 그러면 그분은 당신이 올 때까지 나를 위로해줄 것입니다. 언젠가 당신이 오면 나는 뛰어가 당신을 반갑게 맞이할 겁니다. 그리고 신이 내려다보는

가운데 당신을 껴안고 영원히 당신 곁에서 떠나지 않은 채 늘 함께할 것입니다.

나는 꿈을 꾸는 것도 아니고, 망상에 빠져 있는 것도 아닙니다. 무덤 가까이에서 나의 마음은 더욱 밝아지고 머리는 오히려 또렷해집니다. 우리는 영원히 함께 있을 것입니다. 우리는 저 세상에서 다시 만날 것입니다. 나는 당신의 어머니도 만날 것입니다. 당신의 어머니를 꼭 찾아내어 그분에게 내 마음을 전부 털어놓겠습니다. 당신의 어머니, 당신과 꼭 닮은 그분!”

11시경에 베르테르는 하인을 불러 혹시 알베르트가 돌아왔는지 물었습니다. 하인은 알베르트가 말을 끌고 지나가는 것을 보았다고 대답했습니다. 그 말을 듣자 베르테르는 짧은 쪽지를 써서 봉하지 않은 채 하인에게 주었습니다.

“여행을 떠나려고 하니 권총을 좀 빌려주시겠습니까? 그럼 잘 지내시길!”

로테는 그 밤에 잠을 거의 이루지 못했습니다. 마침내 그녀가 예전부터 두려워하던 일이 벌어지고 만 것입니다. 그것도 전혀 예상하지도 못하고 두려워하지도 않았던 의외의 방향으로 결론이 나버리고 말았습니다. 평소에 그렇게 맑고 가볍게 흐르던 로테의 피는 열병에 걸린 것처럼 격렬하게 끓어오르더니, 갖가지 감정이 평온하던 그녀의 마음을 극도로 혼란스럽게 만들었습니다. 지금 가슴에 느끼고 있는 것은 베르테르와 했던 포옹에서 생겨난 불길일까? 아니면 그의 무례한 행동에 대한 불쾌함일까? 그것도 아니라면 지난날 거리낌 없이 진실하고 근심 걱정 없이 살아왔던 자신과 지금의 자신을 비교해 느끼는 불만일까? 이제 남편을 어떻게 대해야 할까? 고백을 해도 마음에 거리낄 것은 없지만, 그렇다고 고백할 용기가 나지 않는 그러한 일을 그에게 어떻게 이야기해야 할 것인가? 이미 오랜 시간 동안 두 사람은 베르테르에 대해 침묵을 지켜왔는데, 이제 이러한 침묵을 깨고, 하필 지금 이렇게나 적당하지 못한 시기에 일어난 뜻하지 않은 사건을 남편에게 고백해야 할 것인가? 베르테르가 방문한 것을 남편에게 전하는 것으로 이미 그가 불쾌해하지 않을까 걱정인데, 이런 뜻밖의 불상사를 어떻게 이야기할 것인가? 이런 상황에서 남편이 공정한 눈으로 자신을 판단하고, 어떤 편견도 없이 자신의 말을 들어주리라 기대할 수 있을까? 내 마음속까지 바라보고 있는 그대로 이해해주기를 바랄 수 있을까? 지금까지 투명한 수정처럼 숨김없이 남편에게 마음을 털어놓았으며, 자신의 그 어떠한 감정이나 기분도 숨긴 적 없고 숨길 수도 없었는데, 이제 와 남편 앞에서 자신의 감정을 속일 수 있을까? 이런저런 생각들이 로테의 마음을 괴롭게 했고 혼란스럽게 만들었습니다. 그리고 그녀의 생각은 자꾸만 베르테르에게로 되돌아갔습니다. 그녀는 이제 베르테르를 잃어버린 것이나 마찬가지였지만, 그렇다고 그를 버린다는 것은 참을 수 없는 일이었던 것입니다. 하지만 유감스럽게도 로테에게는 그를 내버려두는 방법밖에 없었습니다. 베르테르는 로테를 잃으면 남는 것이 아무것도 없을 테지만 말입니다.

로테는 그 순간에 분명히 깨닫지는 못했지만, 베르테르와 알베르트 사이에 굳게 뿌리내린 침묵이 그녀의 마음을 얼마나 무겁게 짓눌렀는지 모릅니다! 그렇게나 이해심이 넓고, 그렇게나 선량한 두 사람이 눈에 보이지 않는 가치관의 차이 때문에 서로에게 침묵을 지키고, 끝내는 자신만이 옳고 상대방은 그르다고 생각하기에 이른 것입니다. 이러한 관계가 더욱 얽히고 꼬이며 악화되어 마침내 모든 운명이 걸려 있는 위기일발의 순간에 가서도 그 매듭을 풀 수 없는 지경이 된 것입니다. 그러한 지경이 되기 전에 좀 더 일찍 두 사람이 화해하여 지난날처럼 행복한 친밀함으로 서로 가깝게 지냈더라면, 서로 사랑과 너그러움으로 마음을 부드럽게 만들었더라면, 그래서 서로 마음의 문을 활짝 열었더라면 아마 우리의 친구 베르테르를 구할 수 있었을지도 모릅니다.

게다가 여기에는 또 한 가지 특별한 사정이 있습니다. 그

218

의 편지를 읽으면 알 수 있듯이 베르테르는 이 세상을 떠나고 싶어하는 자신의 간절한 소원을 조금도 비밀로 하지 않았습니다. 알베르트는 이미 몇 번이나 베르테르의 그런 생각을 반박해왔습니다. 가끔 로테와도 이 문제에 대해 이야기를 나누고는 했던 것입니다. 알베르트는 자살 행위에 근본적으로 굉장한 반감을 가지고 있었기 때문에 평소 그의 모습과는 달리 극도로 예민한 태도를 보이며, 베르테르의 자살 계획 따위는 도저히 믿기지 않으며 그 진심이 의심스럽다고 여러 번 주장했습니다. 게다가 비웃듯 농담까지 섞은 말투로 베르테르의 계획을 전혀 믿지 않는다고 했습니다. 그것은 한편으로는 로테가 끔찍한 광경을 상상하게 될 때 마음을 진정시켜주는 역할을 하기도 했지만, 다른 한편으로는 그런 남편의 태도 때문에 지금 이 순간 그녀의 마음을 괴롭히는 근심거리를 남편에게 털어놓지 못하게 만들기도 했습니다.

알베르트가 집에 돌아오자 로테는 당황해하며 허둥지둥 남편을 맞이했습니다. 알베르트는 기분이 좋지 않은 듯 표정이 우울해 보였습니다. 일을 제대로 처리하지 못한 데다, 이웃 마을에서 일하는 행정관이 완고하고 편협한 인간이었기 때문이었습니다. 게다가 돌아오는 길마저 좋지 못했던 것이 알베르트의 기분을 더욱 불쾌하게 만들었습니다.

그가 그동안 별일 없었느냐고 로테에게 물어보자 그녀는

어제 저녁 베르테르가 급히 다녀갔다고 대답했습니다. 알베르트는 편지 온 것이 있느냐고 물었고, 편지 한 통과 소포 몇 개가 그의 방에 놓여 있다는 대답을 듣고는 자기 방으로 갔습니다. 로테는 혼자 남았습니다. 자신이 사랑하고 존경하는 남편이 돌아왔다는 사실이 로테의 마음에 새로운 힘을 주었습니다. 남편의 고귀한 성품과 애정과 사랑, 다정함을 떠올리자 그녀의 마음도 한결 편안해졌습니다. 로테는 남편을 뒤쫓아가고 싶은 야릇한 충동이 일어서 평소 하던 대로 일거리를 챙겨 남편의 방으로 갔습니다. 남편은 소포를 풀고 편지를 읽는 일에 열중하고 있었습니다. 그중에는 다소 유쾌하지 않은 소식도 있는 듯 보였습니다. 로테는 남편에게 이런저런 질문을 했지만 알베르트는 아주 짧게 대답을 한 다음, 책상에 앉아 무언가를 쓰기 시작했습니다.

두 사람은 그렇게 한 시간 정도 함께 있었지만 로테의 마음은 점점 어두워졌습니다. 아무리 남편의 기분이 좋을 때라도 지금 자신이 고백하고자 마음먹은 것을 털어놓는 일이 얼마나 어려운지 느꼈기 때문입니다. 로테는 우울한 기분이 들었고, 그것을 감추기 위해 눈물을 참으려 하면 할수록 더욱 마음이 불안하고 답답해졌습니다.

베르테르의 심부름을 하는 하인이 나타나자 로테는 극도로 당황하고 말았습니다. 하인은 알베르트에게 쪽지를 내밀었고 알베르트는 담담하게 아내를 쳐다보며 말했습니다. "하인에게 권총을 꺼내 주시오." 그리고 하인에게 말했습니다. "여행 잘 다녀오시라고 전해다오." 그 말은 로테에게 번개를 맞은 것 같은 충격이었습니다. 그녀는 비틀거리며 겨우 자리에서 일어났지만 눈앞이 핑 돌았습니다. 로테는 아주 천천히 벽을 향해 걸어가 떨리는 손으로 권총을 내렸는데 먼지를 털면서도 망설이고 있었습니다. 만약 알베르트가 의심스러운 눈으로 재촉하지 않았다면 그녀는 계속 머뭇거리고만 있었을 것입니다. 로테는 말 한마디도 하지 못하고 그 불길한 물건을 하인에게 건네주고 말았습니다. 그리고 하인이 돌아가자 극심한 불안감에 빠진 로테는 일거리를 챙겨들고 자신의 방으로 돌아왔습니다. 그녀의 마음은 온갖 무서운 일이 일어날 것 같은 예감으로 가득했습니다. 그녀는 지금이라도 당장 남편의 발밑에 무릎을 꿇고 엎드려 어제 저녁에 있었던 일과 자신의 잘못, 그리고 불길한 예감을 전부 고백할까 생각했습니다. 그러나 그렇게 한다고 해도 아무 소용이 없으리라는 사실을 곧 깨달았습니다. 무엇보다 남편에게 베르테르를 찾아가 보라고 설득한다는 것은 바랄 수조차 없다는 사실을 알게 된 것입니다. 어느새 저녁 식사 준비가 다 되었습니다. 마침 상냥한 친구 한 명이 볼일이 있어 들렀다가 바로 돌아가지 않고 머물러준 덕분에 저녁 식사 분위기를 어색하지 않게 해주었습니다. 로테는 최대한 기분을 다스리며 말을 하고 이런저런 대화를 이어가며 그 일을 잊으려 애썼습니다.

하인이 권총을 받아 돌아와서는 로테가 직접 권총을 꺼내주었다는 이야기를 하자 베르테르는 기뻐하며 권총을 받아들었습니다. 그는 빵과 포도주를 가져오게 하고 하인은 식사를 하라고 내보낸 다음 자리에 앉아 편지를 쓰기 시작했습니다.

"권총이 당신의 손을 거쳐 내게로 왔습니다. 당신이 직접 권총의 먼지를 털었다고 들었습니다. 당신의 손길이 닿았던 권총이기에 나는 권총에 수없이 입을 맞추었습니다. 오, 그대 하늘의 정령이여, 당신은 나의 결심을 확고하게 만들어줍니다. 로테, 당신이 내게 직접 죽음의 도구를 내어주었습니다. 나는 당신의 손에서 죽음을 맞기를 소원했는데, 이제 그 소원을 이루게 되었습니다. 나는 하인에게 자세하게 물어보았습니다. 당신은 권총을 내어줄 때 손을 떨고 있었으나 작별 인사는 한마디도 하지 않았다고 하더군요! 슬프군요. 정말 슬픈 일입니다! 잘 가라는 말 한마디 듣지 못하다니! 나를 당신에게 영원히 붙잡아 맨 그 순간 때문에 당신은 나에게서 마음의 문을 꼭 닫아야만 합니까? 로테, 천 년이 지나도 그때 내가 받은 그 깊은 감동은 사라지지 않을 겁니다. 그리고 이렇게나 당신 때문에 마음을 불태우고 있는 이 남자를 당신이 미워할 리 없음을 나는 알고 있습니다."

저녁 식사를 마친 뒤 베르데르는 하인에게 모든 짐을 빠짐없이 정리하고 챙기라고 말했습니다. 그리고 수많은 서류를 찢어버리고, 외출하여 아직 남아 있던 자잘한 빚까지 깨끗하게 청산하고 돌아왔습니다. 그리고 비가 내리는데도 다시 외출해 성문을 지나 교외로 가 백작의 정원과 그 일대 더 먼 곳까지 산책했습니다. 그리고 어둠이 내려앉을 무렵에야 집으로 돌아와 다시 펜을 들었습니다.

"빌헬름, 나는 마지막으로 들판과 숲과 하늘을 보고 돌아왔다네. 자네도 잘 지내게! 어머니, 이 아들을 용서해주십시오. 빌헬름, 우리 어머니를 위로해주게. 그대들 모두에게 신의 축복이 있기를! 내 물건은 모두 정리해두었네. 모두 잘 있게! 우리는 앞으로 더욱 즐거운 마음으로 만날 수 있을 것이네."

"나는 당신의 호의에 악의로 답하는군요, 알베르트. 그러나 당신은 나를 용서해주겠지요. 나는 당신의 평화를 방해하고, 당신 부부 사이에 불신과 의혹의 씨앗을 뿌리고 말았습니다. 안녕히 계시길! 나는 끝내려 합니다. 나의 죽음으로 당신들이 부디 행복해지기를 바랍니다! 알베르트! 알베르트! 그 천사를 제발 행복하게 만들어주시오! 신의 은총이 부디 당신에게 있기를!"

베르테르는 저녁 늦게까지 서류를 뒤적거리고 그중 대부분은 찢어서 난로 속에 던져 넣었으며, 몇몇 서류는 빌헬름 앞으로 봉인했습니다. 편집자인 내가 몇 개를 읽어볼 수 있었으나 대부분은 짧은 글과 단편적인 감상들이었습니다. 그러고 나서 10시가 되자 베르테르는 하인을 불러 난로에 불을 더 지피게 하고 포도주 한 병을 더 가져오도록 한 다음, 그만 가서 잠자리에 들라고 일렀습니다. 하인의 방은 그 집 다른 사람들의 방과 마찬가지로 멀찌감치 떨어진 뒤쪽에 있었습니다. 하인은 다음 날 아침 일찍 눈을 뜨는 대로 시중을 들 수 있도록 옷을 입은 채로 잠자리에 누웠습니다. 베르테르가 새벽 6시가 되기 전에 역마차가 집 앞으로 오기로 되어 있다고 했기 때문입니다.

"11시 넘어서 주위는 고요에 잠겨 있고 내 마음도 정말 평온합니다. 신이여, 이 마지막 순간에 이러한 따스함과 솟아오르는 힘을 베풀어주신 것에 감사드립니다.

사랑하는 그대, 나는 창가로 다가가 밖을 내다봅니다. 빠르게 휘몰아치며 흘러가는 구름 사이로 아직도 영원한 하늘에서 빛나고 있는 별들을 하나하나 바라봅니다. 그래, 너희들은 영원히 떨어지지 않으리라. 영원하신 분이 너희들 모두와 나를 품 안에 안아주실 것이니까. 큰곰자리와 북두칠성이 보입니다. 모든 별들 중 내가 가장 좋아하는 별입니

나. 한밤중에 당신과 헤이져 당신 집 문을 나설 때면 그 별들은 언제나 나를 마주보고 있었습니다. 그럴 때마다 얼마나 취한 기분으로 그 별자리를 바라보았는지! 그리고 얼마나 자주 두 손을 높이 들어 그 별자리를 지금 나의 행복의 징표로 삼았는지 모릅니다! 그리고 지금 역시 로테, 당신을 생각나게 하지 않는 것이라고는 하나도 없습니다. 당신은 나를 둘러싸고 있지 않습니까! 그뿐 아니라, 나는 마치 어린아이처럼 거룩한 당신의 손이 닿았던 것이면 아무리 작은 것이라도 닥치는 대로 긁어 모았습니다!

그리운 그대의 실루엣! 나는 이것을 당신에게 남기고 가겠습니다. 로테, 부디 이것을 소중하게 간직해주시오. 외출을 하거나 집으로 돌아올 때 나는 수천 번 입을 맞추었고, 수천 번 손을 흔들고 눈인사를 건넸습니다.

나는 당신의 아버지에게 짧은 편지를 써서 내 시신을 거두어달라고 부탁했습니다. 묘지 뒤쪽 밭을 향한 안쪽 구석에 두 그루의 보리수나무가 서 있습니다. 나는 그곳에서 영원히 잠들고 싶습니다. 당신의 아버지께서는 친구를 위해 그런 부탁을 들어주실 수 있으실 테고, 또 그렇게 해주실 것입니다. 당신도 아버지께 부탁해주세요. 그러나 경건하고 독실한 기독교 신자라면 이 불행한 사람 옆에 묻히기 싫어할 것이니 나도 무리하게 강요하고 싶지는 않습니다. 그래요, 나는 당신들의 손에 길가나 외로운 계곡에 묻히기를 바랍니다. 그래서 사제와 레위 사람이 십자를 그으며 내 묘석 앞을 지나며 축복하고, 사마리아 사람이 한 방울의 눈물을 뿌려주기를 바랍니다.

로테! 나는 전혀 두려워하지 않으며 저 차갑고 무서운 술 잔을 손에 들어 죽음의 도취를 다 마셔버릴 것입니다. 당신이 이 잔을 나에게 직접 내어주었지요. 나는 망설이지 않을 것입니다. 모든 것! 내 인생의 모든 소원과 희망이 전부 이루어졌습니다. 나는 이제 이렇게 냉정하고 담담하게 죽음의 철문을 두드릴 것입니다.

로테! 할 수 있다면 당신을 위해 목숨을 바치고 싶었습니다. 당신을 위해 이 몸을 바치는 행복을 누리고 싶었습니다. 당신의 삶에 평화와 기쁨을 다시 되찾아줄 수만 있다면, 나는 아무 미련 없이 기쁘고 당당하게 죽을 것입니다. 그러나 사랑하는 사람을 위해 스스로 피를 흘리고 죽음을 맞이하여, 친구들에게 수백 배의 새로운 생에 대한 의지를 북돋워 줄 수 있는 것은 오직 극소수의 숭고한 사람에게만 부여된 일이겠지요.

로테, 당신의 손길이 닿아 성스럽고 정결해진 이 옷을 입은 채로 나는 묻히고 싶습니다. 당신 아버지께도 그렇게 부탁했습니다. 나의 영혼은 벌써 관 위를 떠돌고 있습니다. 부디 사람들이 내 호주머니를 뒤지는 일이 없도록 해주십시오. 이 분홍색 리본은 내가 처음으로 당신을 만났을 때 당신이 가슴에 밀고 있었던 것입니다. 그새 당신은 아이들에게 둘러싸여 있었지요. 아아, 아이들에게 수천 번이라도 키스를 해주세요. 그리고 이 불쌍한 친구의 운명에 대해 이야기해주십시오. 정말 사랑스러운 아이들! 그 아이들은 언제나 내 주위에 있었소. 당신과 나는 얼마나 단단하게 맺어져 있었던 것일까요! 처음 본 순간부터 나는 당신의 곁을 떠날 수가 없었습니다. 이 리본도 나와 함께 묻어주세요. 당신은 내 생일에 이 리본을 선물해주었지요. 그런 것들을 나는 얼마나 소중하게 모았는지 모릅니다. 아아, 그때는 이 길이 나를 이리로 데려올 줄은 전혀 알지 못했습니다. 제발 마음을 진정해주세요! 제발 부탁합니다! 부디 진정하길 바랍니다!

총은 이미 장전해두었습니다. 지금 시계가 12시를 치고 있습니다. 자, 이제 되었습니다. 로테! 로테! 잘 지내요! 안녕!"

이웃 한 명이 화약 불꽃이 번쩍이는 것을 보았고 총소리도 들었습니다. 하지만 주변이 전부 조용했기 때문에 그다지 마음에 두지 않았습니다.

다음 날 새벽 6시에 하인이 등불을 들고 방으로 들어갔습니다. 주인은 방바닥에 쓰러져 있었고, 그 옆에는 권총이 떨어져 있었으며, 바닥에는 피가 낭자했습니다. 하인은 비명을 지르며 주인을 안아 올렸지만 아무런 대답이 없었습니다. 그저 목에서 그르렁대는 소리만 났을 뿐입니다. 하인은 의사를 부르러 달려 나갔고 알베르트에게도 달려갔습니다.

초인종 소리가 울렸을 때 로테는 온몸이 오싹해지는 것을 느꼈습니다. 그녀는 급히 남편을 깨우고 함께 부랴부랴 잠자리에서 일어났습니다. 베르테르의 하인은 큰소리로 울면서 더듬거리며 사건을 전했습니다. 로테는 정신을 잃고 알베르트 앞에 쓰러졌습니다.

의사가 도착했을 때 불쌍한 베르테르는 이미 회복할 수 없는 상태였습니다. 맥박은 아직 뛰고 있었으나 손발은 마비되어 굳어 있었습니다. 권총을 오른쪽 눈 위로 쏘아 총알이 머리를 관통하여 뇌수가 밖으로 터져 나왔습니다. 의사는 별 소용없는 일인 줄 알면서도 팔에 있는 정맥을 째어 피를 뽑았습니다. 피가 흘러나왔습니다. 숨은 간신히 쉬고 있었습니다.

안락의자 팔걸이에 피가 묻어 있는 것으로 보아, 아마도 베르테르는 책상 앞에 앉은 채로 권총의 방아쇠를 당겼던 것으로 보였습니다. 그리고 방바닥으로 쓰러져 경련을 일으키며 의자 주위에서 몸부림을 친 모양이었습니다. 베르테르는 머리를 창문 쪽으로 향하고 탈진한 채로 하늘을 쳐다보며 바닥에 누워 있었습니다. 그는 정갈하게 옷을 차려입고 장화도 신고 있었습니다. 푸른색 연미복에 노란 조끼를 입고 있었습니다.

집안은 물론 이웃과 시내 전체가 발칵 뒤집혔습니다. 알베르트가 방 안에 들어섰을 때 베르테르는 침대에 눕혀져 있었습니다. 이마에는 붕대가 감겨 있었는데 이미 얼굴빛에는 죽음이 어른거리고 있었습니다. 베르테르의 사지는 전혀 움직이지 않았습니다. 오로지 폐에서만 그르렁대는 거친 소리가 새어 나오고 있을 뿐이었습니다. 때로는 약해졌다 강해졌다를 반복하고 있었습니다. 모두들 그의 임종을 기다리고 있을 뿐이었습니다.

베르테르는 옆에 놓인 포도주 한 잔 정도만 겨우 마실 수 있었습니다. 책상 위에는 『에밀리아 갈로티』*가 펼쳐져 있었습니다.

여기에서 알베르트가 얼마나 큰 충격을 받았고, 로테가 얼마나 큰 슬픔에 잠겼는지는 새삼 말하지 않겠습니다.

늙은 행정관이 소식을 듣고 말을 달려 찾아왔습니다. 그는 뜨거운 눈물을 흘리며 죽어가는 베르테르에게 입을 맞추었습니다. 그의 장성한 아들들은 아버지의 뒤를 따라 들어왔습니다. 그들은 슬픔을 이기지 못하고 침대 옆에 무릎을 꿇고 엎드려 베르테르의 손과 입술에 입을 맞추었습니다. 베르테르에게서 가장 큰 사랑을 받았던 맏아들은 베르테르가 숨을 거둔 후에도 그에게 떨어지려 하지 않아 사람

* 독일 극작가 레싱의 비극. 약혼자를 잃은 주인공이 스스로 목숨을 끊는다는 내용이다.

들이 억지로 떼어내야 했습니다. 베르테르는 정오에 숨을 거두었습니다. 행정관이 현장을 지키며 일을 처리하여 모든 것은 차질 없이 진행되었습니다. 밤 11시경 행정관의 지휘로 베르테르는 원하던 장소에 묻혔습니다. 늙은 행정관과 그의 아들들이 시신을 따라갔지만 알베르트는 따라가지 못했습니다. 로테의 생명이 위태로웠기 때문입니다. 인부들이 운구를 맡았으며, 성직자는 한 사람도 따라가지 않았습니다.

한 번이라도
사랑의 열병을 앓아본 적이 있는 청춘에게

『젊은 베르테르의 슬픔(Die Leiden des jungen Werther)』은 독일의 대문호 요한 볼프강 폰 괴테(Johan Wolfgang von Goethe)가 그의 나이 스물다섯인 1774년, 역시 불같은 사랑의 열병을 앓은 괴테가 그의 격정을 몰아 불과 14주 만에 완성한 작품으로 알려져 있다.

잘 알려져 있다시피 1772년 여름 괴테는 아버지의 희망에 따라 베츨라르에 있는 고등 법원에서 근무했다. 그곳에서 샤를로테(Charlotte Buff)라는 여인을 만나 사랑하게 되지만, 그녀에게는 이미 약혼자가 있었다. 공사관의 서기관이었던 샤를로테의 약혼자 케스트너(J. C. Kestner)는 이 책에 등장하는 로테의 약혼자 알베르트처럼 점잖고 학식이 있던 사람으로 괴테는 그와도 우정을 나누다 결국 사랑을 이루지 못하고 상심한 채 샤를로테를 떠나게 된다.

그리고 반년 뒤 괴테는 같은 대학에서 공부하며 잘 알고 지내던 예루살렘(Wilhelm Jerusalem)이라는 친구가 친구의 부인에게 사랑을 느끼고 괴로워하다가 권총으로 자살했다는 소식을 듣고 충격에 빠진다. 게다가 그가 목숨을 끊을 때 사용했던 총이 케스트너에게 빌린 것이라는 사실은 그에게 더 강한 인상을 주었다. 이 소설 속에서 베르테르가 알베르트에게 총을 빌릴 때 보냈던 "여행을 떠나려고 하니 권총을 좀 빌려주시겠습니까?"라는 쪽지는 실제로 예루살렘이 케스트너에게 보낸 쪽지를 그대로 인용한 것이다.

이러한 일련의 사건과 본인의 경험이 합쳐져 괴테는 샤를로테와 헤어진 뒤 약 2년 뒤『젊은 베르테르의 슬픔』을 단숨에 써낸다.

베르테르 신드롬

단테, 셰익스피어와 함께 세계 3대 시성으로 불리는 괴테의 첫 소설『젊은 베르테르의 슬픔』은 발간되자마자 큰 선풍을 일으키며 베스트셀러에 등극한다. 특히 젊은이들에게 큰 반향을 일으켰는데, 베르테르가 죽을 때 입었던 푸른 연미복과 노란색 조끼와 바지가 유행했으며, 심지어 베르테르를 따라 권총으로 자살을 하는 일이 일어나기까지 했다. 오늘날까지도 유명인의 자살을 따라 하는 심리적 용어로 쓰이는

'베르데르 효과'는 이때 생겨난 것이리 볼 수 있다.

기독교적 가치관이 지배하고 있던 당시 유럽에서 자살은 너무나도 충격적이고 비도덕적인 것으로 여겨졌기 때문에 소설 내용 자체도 충격적이었지만, 베르테르의 자살을 모방하는 사람들이 나타나자 이 책의 출판을 금지하는 국가가 생겨나기도 했다. 하지만 그것으로도 당시의 인기를 막을 수는 없었다. 그 인기는 세월을 넘어 오늘날까지도 이어져 전 세계에서 널리 읽히는 고전으로 자리 잡았다.

그렇다면 이 소설은 왜 그렇게 큰 인기를 끌며 오늘날까지 전해지고 있는 것일까? 그것은 아마 베르테르가 느꼈던 그 아픔과 고통을 누구나 공감할 수 있기 때문일 것이다. 한 번이라도 사랑의 열병을 앓아본 사람이라면, 한 번이라도 이루어지지 못하는 마음을 추스르지 못해 눈물로 밤을 지새워본 사람이라면, 사랑하는 사람을 만나지 못하는 그리움에 사무쳐본 사람이라면 누구나 베르테르의 마음을 이해하고 같이 눈물 흘릴 것이기 때문이다.

젊은, 베르테르의 고통

이 책의 원제는 'Die Leiden des Jungen Werthers'로 흔히 '젊은 베르테르의 슬픔'으로 알려져 있지만, 실제로는 '젊은 베르테르의 고통'이라 불려야 될 것이다. 독일어 Leiden은 인간의 슬픈 감정이 아니라 '고통', 그것도 '애가

끓는 큰 고통'이라는 의미를 담고 있기 때문이다. 슬픔, 아픔이라는 단어와는 별도로 Leiden은 고통을 의미하는데 누가 베르테르의 고통을 슬픔으로 가볍게 여겼는지, 왜 그리 했는지 이해할 수가 없다.

베르테르가 죽음에 몸을 던질 정도로 괴로워했던 것은 단지 로테를 향한 자신의 마음이 이루어지지 못해 슬펐던 것이 아니라, 그 어느 누구도 자신의 마음을 이해하지 못한다는 그 사실, 영혼과 마음이 진심으로 통하는 상대를 만나 사랑을 나누었지만 그것이 세상에 받아들여지지 못한다는 그 괴로움이었을 것이다. 자신의 사랑은 구원받지 못하고, 오히려 사람들에게 비난받을 것이며, 그 때문에 세상과 끝내 불화할 수밖에 없다는 슬픔 때문이다.

젊고 열정적이었으며, 이 세상의 필요 없는 편견에 맞서곤 했던 젊고 젊었던 베르테르의 영혼은 유일한 안식처인 로테마저 잃고서 이 세상에서 버려졌다는 고통에 몸부림치다 그 고통을 죽음으로 끝내버린 것이다. 그는 다른 사람에게 인정받지 못하고 받아들여지지 못하는 고통, 자신의 영혼이 버려지는 것 같은 외로움에 힘들어했던 것이다.

이것을 과연 슬픔이라는 단어로 표현할 수 있을까.

요한 볼프강 폰 괴테

누구나 다 알 듯이 괴테는 독일이 낳은 대문호로 18세기를 대표하는 고전 문학사이나. 『젊은 베르테르의 슬픔』뿐 아니라 독일 문학 최초의 사회 소설로 평가받는 『친화력』, 자서전의 백미로 꼽히는 『시와 진실』을 비롯해 필생의 대작 『파우스트』 『빌헬름 마이스터의 편력 시대』 등 다수의 작품을 남기며 활발한 창작 활동을 펼쳤다.

괴테는 독일 프랑크푸르트의 중산층에서 태어났다. 유명한 귀족 집안은 아니었으나 부유한 편이었고, 어린 시절 부모님의 사랑도 듬뿍 받았던 것으로 보인다. 어렸을 때부터 시를 쓰기도 하는 등 글에 큰 재능을 보였던 괴테는 그러나 법조계에 일했던 아버지의 뒤를 이어 법학을 공부하고 젊은 시절 법조계 일을 시작했다. 하지만 곧 작가의 길에 들어서게 된다.

사실 괴테의 재능은 문학에만 있는 것이 아니어서 법학, 생물학, 지리학 등 다양한 분야에 높은 지식이 있었고, 그 덕분에 오랫동안 바이마르 공국에서 행정 일을 하며 관료로서도 크게 두각을 나타냈다.

이 책을 보면 괴테는 평생 한 여자만 바라본 순정파일 것 같지만, 실제의 괴테는 여성 편력을 뿌리는 사람이었다. 샤를로테와 이루지 못하는 사랑 말고도 괴테는 약혼했다가 파혼을 하기도 하고, 그러면서도 그녀에게 사랑을 고백하는 편지를 보내기도 했다. 중년의 괴테는 스물세 살의 크리스티아네 불피우스(Christiane Vulpius)와 처음 만나서 일

년간 동거생활을 하다가 결혼을 했는데, 다른 여자들과 염
문을 뿌리면서도 결혼하지 않는다는 비난을 의식해서였다
는 말도 있다. 하지만 나중에 아내가 죽고 나서도 스무 살
이상 차이 나는 여성에게 한눈에 반해 청혼하기도 하는 등
평생 열정적으로 사랑에 빠져 살았던 사람이었다.

1749 8월 28일 프랑크푸르트 마인에서 출생. 아버지는
법학자로서 부유한 집안 출신이고, 어머니는 명문
인 텍스토르 집안 출신이다.

1759 프랑스군에 의해 프랑크푸르트가 점령되다. 프랑
스 연극을 관람하고 희곡을 읽을 기회가 있었는데,
이 무렵 인형극에서 파우스트를 처음 접하다.

1763 연상의 소녀 그레첸을 사랑하다.

1765 라이프치히로 가서 대학에 입학하다. 법학과에 입
학했으나 문학, 의학 등에 심취하다.

1766 안나 카타리나 쇤코프와 교제하면서 로코코풍의
연애시를 집필하다. 이 시들은 익명으로 발표한 처
녀 시집 『안네테(Annette)』에 수록되어 있다.

1768   쉰코프와의 사랑이 우정으로 끝나다. 8월 라이프
        치히를 떠나 고향으로 돌아오다.

1770   3월 슈트라스부르크에 가서 대학에 입학하다. 9월
        법률학사 예비시험에 합격하다. 이 도시에서 당대
        의 유명 시인이자 사상가인 요한 고트프리트 폰 헤
        르더를 만나 많은 영향을 받다. 10월 목사 브리온
        집안을 방문하여 그의 딸을 사랑하게 되고, 그녀를
        위해 많은 서정시를 집필하다.

1771   희곡 『괴츠』와 『파우스트』를 구상하다. 8월 법률학
        사 자격 시험에 합격하다. 목사의 딸과 관계를 끊
        고 귀향하여 변호사를 개업하다.

1772   5월 베츨러 고등법원의 견습원이 되다. 샤를로테
        를 사랑하게 되고, 그녀의 약혼자도 알게 되어 베
        츨러를 떠나다. 이후 프랑크푸르트로 돌아가다. 예
        루살렘의 자살 소식을 듣고 충격을 받다.

1773   희곡 『괴츠 폰 베를리힝겐(Gotz von Berlichin-
        gen)』을 출간하다.

1774   소설 『젊은 베르테르의 슬픔(Die Leiden des
        Jungen Werthers)』을 출간하다.

1775   안나 엘리자베트 쇠네만을 만나 4월에 약혼했으나
        가을에 파혼하다. 10월 아우구스트 공으로부터 초
        청을 받고 바이마르에 도착하다. 여기서 괴테의 정

신석 말년에 영향을 미친 샤를로테 폰 뉴바인 부인을 알게 되다. 희곡 『스텔라(Stella)』를 집필하다.

1776   6월 바이마르 공국의 공사관 참사관에 임명된 후 정식으로 정치에 참여하기 시작하다.

1779   3월 『이피게니에(Iphigenie auf Tauris)』를 산문 형식으로 집필하다.

1780   광물학 연구에 몰두하다.

1782   아버지가 71세의 나이로 사망하다. 요제프 2세 황제에게 귀족의 작위를 받다.

1784   지질학과 광물학에 대한 연구 결과로 논문 「화강암에 대해」를 집필하다.

1786   식물학에 열정을 보이다. 비밀리에 이탈리아로 떠나서 로마에 도착하다. 고전적인 회화와 조각에 심취하고, 고전주의 문학 이념이 무르익다. 『이피게니에』를 운문 형식으로 개작하다.

1787   희곡 『에그몬트(Egmont)』를 완성하다.

1788   6월 바이마르로 돌아오다. 7월 23세의 크리스티아네 불피우스와 처음 만나서 곧 동거생활을 시작하다. 프리드리히 폰 실러와 만나다.

1789   12월 25일 괴테의 다섯 아이 중 유일하게 살아남은 아우구스트가 태어나다.

1790   베네치아를 향해서 두 번째로 이탈리아 여행을 떠

나다. 단편 「파우스트」를 발표하다.

1791 바이마르 궁정 극장의 운영을 맡다.

1792 카를 아우구스트 공작을 수행하여 프랑스 혁명군을 저지하기 위한 전쟁에 참여하다.

1794 실러와 함께 문학잡지 『호렌(Horen)』을 발간하다. 이를 계기로 두 문호 사이에 우정이 싹트고, 이 우정은 1805년 실러가 세상을 떠날 때까지 지속된다.

1796 『빌헬름 마이스터의 수업시대(Wilhelm Meisters Lehrjahre)』를 완성하다.

1797 장편 서사시 『헤르만과 도로테아(Hermann und Dorothea)』를 출간하다.

1805 실러가 사망하고 그의 죽음에 정신적으로 큰 충격을 받다.

1807 『빌헬름 마이스터의 편력시대(Wilhelm Meisters Wanderjahre oder die Entsagenden)』를 집필하기 시작하다. 프로만 가와 친하게 지냈는데, 그 집의 양녀인 민나 헤르츠리프에게 반하다. 이 경험은 훗날 소설 『친화력(Die Wahlverwandtschaften)』을 낳는 계기가 된다.

1808 어머니가 세상을 떠나다. 나폴레옹과 회견하다. 『파우스트』 1부가 출간되다.

1809 소설 『친화력』을 발표하다.

1810   논문 「색재론(Zur Farbenlehre)」을 발표하다.

1811   자전적 기록 『시와 진실(Dichtung und Wahrheit)』
        1부를 집필하다.

1812   베토벤과 여러 차례 만나다. 『시와 진실』 2부를 집
        필하다.

1813   『시와 진실』 3부를 집필하다.

1814   프랑크푸르트에서 마리안네 폰 빌레머를 만나 사
        랑에 빠지다.

1815   바이마르 공국 재상으로 임명되다.

1816   6월 부인 크리스티아네가 사망하다. 『이탈리아 기
        행(Italienische Reise)』을 집필하다.

1817   희곡 『판도라(Pandora)』를 출간하다.

1821   『빌헬름 마이스터의 편력시대』를 탈고하다. 체코
        의 마리엔바트에서 울리케 폰 레베초프를 만나 새
        로운 사랑에 빠지다.

1823   19세의 울리케에게 구혼하였으나 거절당하다. 그
        아픔을 연애시 「마리엔바트의 비가」로 표현하다.

1830   아들 아우구스트가 로마에서 사망하다. 『시와 진
        실』 4부가 완성되다.

1831   유언을 작성하다. 8월에 완성된 『파우스트』 2부를
        죽은 뒤에 발표할 것을 유언하다.

1832   3월 22일 바이마르에서 생을 마치다.

베르테르가 친구 빌헬름에게 보내는 편지를 모은 것으로 구성된 이 책은 끝에 편집자가 독자에게 보내는 부분을 넣어 베르테르의 편지만으로 다 설명할 수 없는 것을 설명하는 장치를 쓰고 있다. 그것은 파격적인 이 소설의 형식과 내용을 보완하는 것이다.

독일어로 된 이 소설을 우리말로 옮기면서 언어의 간극을 메우고, 나아가 시대의 간극을 메우는 것에 고민하면서도, 무엇보다 베르테르의 마음과 고통을 독자들에게 어떻게 전해야 하나 고민을 했다. 베르테르의 아픔과 고통은 단지 개인의 사랑을 이루지 못한 것이 아니라, 그 누구에게도 이해받을 수 없다는 절망감, 아무리 해도 닿을 수 없는 곳을 보고 있는 외로움, 어느 누구도 자신을 받아들여 주지 않는 나는 소외감이었기 때문이다.

무엇보다 자신의 영혼을 깊이 이해하고 마음이 진실로 통하는 사람이 있음에도 영원히 그녀를 모른 체하고 버려야만 한다는 사실은 그를 나락까지 떨어뜨렸으리라.

그렇게나 순수하고 가엾고 투명하고 젊은 영혼을 가진 베르테르의 마음을 읽고 느끼고, 그 영혼과 교감하는 일을 좀 더 젊었을 때 할 수 있었더라면, 좀 더 순수한 사랑과 영혼의 힘을 믿었던 그 시절에 했더라면 더 쉽게 그의 이야기를 전할 수 있었을 것이라는 아쉬움이 남는 것은 이제는 내가 더는 젊지도 순수하지도 않은 영혼을 느껴서일지도 모르겠다.

베르테르의 젊음과 고통이 이 시대 사랑의 열병을 앓는 청춘들에게 힘이 되길 바라며. 우리는 언제나 함께할 것이며 반드시 만나게 될 것입니다.

2017년 3월
이상희

옮긴이 **이상희**

중앙대학교 문예창작학과를 졸업하고 독일로 건너가 본대학교에서 번역학을 전공했다. 출판 일을 하면서 다양한 글을 기획하고 옮겨왔다. 현재 번역 에이전시 엔터스코리아에서 출판 기획 및 전문 번역가로 활동하고 있다. 옮긴 책으로는 『데미안』『꼬마 거미의 질문 여행』『혼자 할 수 있어요』『나는 아빠가 좋아요』 등이 있다.

젊은 베르테르의 슬픔

초판 1쇄 인쇄 2018년 6월 15일
초판 1쇄 발행 2018년 6월 22일

지은이 요한 볼프강 폰 괴테
옮긴이 이상희
발행인 조상현
마케팅 김나연
편집인 정지현
디자인 Design IF
펴낸곳 더디퍼런스

등록번호 제2015-000237호
주소 서울시 마포구 마포대로 127, 304호
문의 02-712-7927
팩스 02-6974-1237
이메일 thedibooks@naver.com
홈페이지 www.thedifference.co.kr

ISBN 979-11-6125-105-9 04800
        979-11-6125-063-2 (세트)